Nachttauchen

Die Autorin

Kim Småge, geboren 1945 in Trondheim, arbeitete als Lehrerin und Journalistin. Sie war weltweit die erste Frau als Ausbilderin für Sporttauchen und Unterwasserjagd und lebt heute als freie Schriftstellerin in Trondheim.

Ihre Bücher wurden in zahlreiche Sprachen übersetzt. Bei Scherz erschienen bisher «Wer die Regel bricht» (1999), «Ein kerngesunder Tod» (2000) und «Die Containerfrau» (2002).

Kim Småge

Nachttauchen

Roman

Aus dem Norwegischen
von Regine Traxel

Scherz

Besuchen Sie uns im Internet:
www.scherzverlag.de

Die Originalausgabe erschien unter dem Titel
«Nattdykk» bei H. Aschehoug & Co. (W. Nyygaard), Oslo

Taschenbuchausgabe Scherz Verlag, Bern, 2003
Copyright © 1983 by H. Aschehoug & Co. (W. Nyygaard), Oslo
Copyright © 1994 der deutschen Übersetzung Argument Verlag,
Hamburg
Alle Rechte der Verbreitung, auch durch Funk, Fernsehen,
fotomechanische Wiedergabe, Tonträger jeder Art und
auszugsweisen Nachdruck, sind vorbehalten.
ISBN 3-502-51891-2
Umschlaggestaltung: ja DESIGN, Bern:
Julie Ting & Andreas Rufer
Umschlagbild: Stone/Getty Images, München
Gesamtherstellung: Ebner & Spiegel, Ulm

1

Wolfszähne. Genau. Das waren sie. Weiße Hauer mit leicht gelblichem Amalgambelag an der Wurzel. Nicht gerade ein schöner Anblick, der untere Teil von diesem Gebiss.

Die Bergkette leuchtete ihr hart und scharfkantig entgegen – Westlandberge, die abzurunden keinem Gletscher gelungen war. Sie hatte diese mörderische Wildheit schon einmal gesehen, allerdings als Miniaturausgabe, hatte sie sozusagen mitten in die Fresse bekommen, als sie eine Pflichtrunde durch ein Forstwirtschaftsmuseum drehte. Fuchs, Marder, norwegischer Bär und kanadischer Grizzly, ausgestopft und ausgestellt zum Schrecken der Öffentlichkeit. Der Schrecken befiel sie jedoch erst, als sie um eine Ecke bog und plötzlich Zeugin des unbarmherzigen Bergweltalltags wurde. Ein Wolf und ein Rentier. Ein kleines und ein großes Tier. Das große Tier würde in wenigen Sekunden sterben, das war seinen verdrehten, blutunterlaufenen Augen und dem aufgerissenen, geifernden Rachen des Wolfs anzusehen. Der vorgeschobene Unterkiefer entblößte eine Reihe nadelspitzer Zähne, die bald jede lebendige Zelle des Rens auslöschen würde.

Ein krasses Erlebnis. Wer auch immer diese Szenerie entworfen hatte, es war ihm wirklich gelungen, ihr für einen Augenblick den Atem zu rauben.

Sie richtete ihren Blick wieder auf die Berge, erschauerte. Und wie sie dem Unterkiefer eines Wolfes glichen! Die perfekte Mordwaffe. Gerade jetzt massakrierte sie ein paar aus dem Nichts aufsteigende Kumuluswolken.

Riss sie in Stücke und schickte die schlaffen Reste der «abendlichen Gewitterfront» verstreut übers Meer. Tja – was hätte alles daraus werden können im Laufe der Nacht, für all die ängstlichen Gemüter in den tausenden von Heimen. Aber die Wolfsschnauze wollte es nun mal anders.

Ob es tatsächlich ein Anblick wie dieser gewesen war, der die Harfe des Sprachforschers und Volksdichters Ivar Aasen gestimmt und ihn – begleitet von Chören – «Die alten Berge am Horizont bleiben sich immer gleich . . .» hatte beben lassen?

Es ist und bleibt ein Wolfsrachen. Alles andere ist Lug und Trug. Ob ein Teil fehlt? Ist es nur ein halbes Gebiss? Wo sich wohl der Oberkiefer befindet? Mensch, sei froh, dass du den nicht siehst.

Sei froh, dass du nicht nah genug dran bist, um ihn sehen zu können. Sei froh, dass du nicht die Rolle des Rens spielst: noch nicht. Du bist skeptisch? Du zweifelst? Alles, was nicht sinnlich wahrnehmbar ist, ist purer Bluff? O Buddy – du bist ein Produkt deiner Zeit –, you want facts. Allright, wir machen die Reise.

Leg den Kopf in den Nacken, Mensch, sieh weit nach oben, über die Vögel und die Wolken hinaus, die Flugzeuge und das andere menschengemachte Zeugs, die ständig dünner werdenden Luftschichten, verlier deinen Blick im lautlosen Raum. Vorbei an den Satelliten zum Wohl und zugleich Übel der Menschheit, reise weiter und weiter. Na klar tut das weh, aber streng deine Augen an – nicht aufgeben jetzt! Genau, da siehst du ihn. Da siehst du den Oberkiefer, Ginunga-gap, die mythologische Leere vor der Entstehung der Welt. Nur dass dieser Schlund keinerlei Hoffnung weckt, kein Leben spendet nach dem Zuschnappen. Wenn dieser Kiefer aufeinander klappt, werden unsere Einzelteile noch nicht mal zum Bluten kommen. Sauber und hygienisch, keine klebrige Blutsudelei. Halleluja.

Der Mensch, der zusammengekrümmt unten auf dem Hügel saß, ließ den Kopf wieder nach vorne fallen. Gedanken an das Jüngste Gericht. Warum hier sitzen und sich mit solchen Gedanken aufmuntern? Der Tag war schön wie in einem norwegischen Touristenprospekt. Westländisches Superidyll. Eigentlich nichts Angsterregendes. Nur die Gedanken. Und die Berge. Diese messerscharfen Gipfel riefen einen plötzlichen Anfall von Weltuntergangsstimmung hervor. Angst vor dem Big Bang, hausgemacht und ausgeführt vom Gespann Reagan/Andropow.

Oder war eher der Ärger über einen Callesen 42 HK der Auslöser, installiert in einem Klubboot namens «Medhold»? Ein Motor, der Öl sabberte wie ein mit Brei voll gestopftes Kleinkind? Oder – aha! Sei jetzt bloß ehrlich, zumindest dir selbst gegenüber: Der Gedanke an das bevorstehende Nachttauchen machte ihr zu schaffen. Bestimmt war sie nicht gut in Form. Würde frieren und ... vielleicht war es eine prämenstruelle Verstimmung. Sie ließ das Wort auf der Zunge zergehen. Nein, das reichte nicht. Angst hat viele Namen und Ausreden, aber «prämenstruelle Verstimmung» war eine fade und wässrige Erklärung. Phobie – in der einen oder anderen Form – klang viel überzeugender, aber sie konnte sich nicht erinnern, dass Herr Phobie schon jemals zuvor an ihre Tür geklopft hätte.

Hilke Thorhus – sie ging kurz mit sich ins Gericht.

Fühlte sie sich bei dem Gedanken ans Tauchen nicht wohl, dann würde sie selbstverständlich nicht tauchen. Das war die grundsätzliche Erkenntnis. Sich nicht zwingen. Das würde auch keiner der anderen tun, aus diesem Alter waren sie raus. Obwohl das doch nicht für alle galt. Genau da drückte der Schuh. Lille-Kjell nannte Taucherinnen Bassinplantscher und Schmalspurtaucher. Ausschließlich einsetzbar als Bikinischönheit und Verführerin im lauwarmen Pool. Bassinplantscher! Übertrieben, natürlich. Gefolgt von einem Fausthieb auf den Tisch und einem Schnauben. Aber trotzdem – es war was dran, leider. Und sie Idiotin wollte partout erreichen, dass sich alle Lille-Kjells an diesen Vorurteilen die Zähne ausbissen. Sie wollte sich gründlich vorbereiten und bei der Erlebnisstaffel mitmachen. Die schrillen Geschichten entlarven und die Jungs auf ihre Plätze verweisen.

Wie oft hatte sie in feuchtfröhlichen Männerrunden gesessen und von Jahrhunderttaucherlebnissen gehört. Stürmischer Wind, nein, Orkan, meterhohe Wellen und eisiges Wasser, null Sicht und unberechenbare Strömungen – oder waren es Vulkanausbrüche, Seegespenster und Haie, Kriegsmunition und Riesenaale? Und das alles spielte sich selbstverständlich unter einer meterdicken Eisdecke ab. Aber der erfahrene Taucher verliert natürlich nie die Kontrolle. Er geht durch alle Gefahren, gleitet buchstäblich durch sie und das Eis hindurch und steigt wie Neptun aus den Fluten empor. Das schlaucht ganz schön, wer würde das bezweifeln, aber mit «a jar of whisky» und kräftig frottiertem Rücken besiegte er die Welt und schwängerte anschließend seine Frau. Oder umgekehrt.

Die Leute waren so fantasielos, dass sie jede Story aus Fleisch und Blut dankbar annahmen. Auch Hilke hatte ziemlich wilde Tauchaktionen überlebt. Aber wehe, wenn einem Mädel mal die Fantasie durchging. Sie erntete nur gehässige Kommentare. Das hasste sie an den männlichen Tarzans. Es sei Monate her, dass die Erzählerin im Wasser gewesen war, hieß es dann immer, und zwar in der Sonne dösend, bei 29 Grad warmem Bassinwasser. Und diese idiotischen Weiber besaßen auch noch die Frechheit, wirklich motivierte Leute – sprich Männer – bei der Weiterbildung zu behindern, indem sie wertvolle Trainingszeiten in Anspruch nahmen!

Bassinplantscher gab es sowohl in männlicher als auch in weiblicher Ausgabe, wenn sie recht überlegte. Und das nicht nur im Tauchsport. Aus und vorbei, nicht mehr mit von der Partie. Sorry, man. Schrumpfender Enthusiasmus und zunehmendes Alter setzen dir zu. Sie begann, die Jahre zu zählen, ihre eigenen. Sie hatte wohl noch einiges an Power übrig, bevor das aktuell würde, warum also die arme Seele damit quälen? Sollten die Leute doch Bassinplantscher bleiben, mitsamt Ehepartner und eventuell reizenden Kindern im Schlepptau.

Warum kreisten ihre Gedanken eigentlich so hartnäckig um den Ausdruck «Bassinplantscher»? Die Antwort lag auf der Hand. Letzten Samstag hatte ihr Lille-Kjell, 1,95 Meter über dem Meeresspiegel und in spezial angefertigtem Taucheranzug, in ziemlich angetrunkenem Zustand noch einmal erklärt, was er von Frauen im Allgemeinen und von weiblichen Froschmännern – ha ha! – im Besonderen hielt. Den ganzen Abend hatte er auf diesem Wort herumgeritten. Meine

Güte, dass sie sich so etwas überhaupt zu Herzen nahm. Dass der Typ nach einem Flop mit zwei fast identischen Barbiepuppen total frustriert war, konnte man als Entschuldigung gelten lassen. Wenn dieser Idiot glaubte, den Beschützer und dummen Jungen spielen zu müssen, der nicht bis drei zählen kann, dann bitte schön. Seinem Vollrauschgelaber würde sie ohnehin keinerlei Bedeutung beimessen.

Aber zurück zum Thema. Sie, Hilke Thorhus, geboren und aufgewachsen im besten Ostteil einer Stadt, deren Bewohner sich völlig im Klaren darüber waren, was sich gehörte – sie saß hier auf einer mit offiziellem Segen entvölkerten Insel im besten Westteil des Königreichs Norwegen und blickte aufs Festland, das aus weißen, wild zerklüfteten Berggipfeln bestand, die aussahen wie ein halbierter Wolfsrachen, zumindest wenn man sich mies fühlte. Und das tat sie im Moment. Entschieden. Sie war kein Bassinplantscher, kein Märchenerzähler, hatte mehrere Nachttauchaktionen im Logbuch und würde sich nun aufraffen, endlich aufstehen, zu den anderen gehen und was Essbares zu sich nehmen.

Hatte nicht jemand mit knusprig gebratenem Seetang à la bacon gedroht beziehungsweise gelockt? Gott behüte. Der Koch behauptete, dass es vorzüglich schmeckte.

Schluss jetzt mit der Nörgelei, plane das Tauchen gut, nimm deine Sicherheitsvorschriften ernst, und es wird dir gut gehen unter Wasser. Amen. Sie stand auf und ging.

2

Das Klubboot, ein 41er Fischkutter, strahlendes Ergebnis monatelanger Gemeinschaftsschufterei, lag sanft schaukelnd am Kai. Es war eher originell und praktisch als schön. Wenn das Boot auch nicht auf allen sieben Meeren gesegelt war, so doch wenigstens bei schlechterem Wetter, als die sieben an Bord je erlebt hatten. Obwohl niemand von ihnen nennenswerte Illusionen vom Seemannsleben als «lustigem Stand» hegte, landete die ganze Mannschaft dennoch regelmäßig beim «Dykking Taucherklub», um sich gegenseitig zu verpflegen. Was für eine Mühe sie mit der Namenssuche gehabt hatten! Und als die Wahl getroffen war, eröffnete man ihnen, der Name sei doch ziemlich an den Haaren herbeigezogen. Heftige Diskussionen folgten, bis irgendjemand eine Landkarte aus der Dänenzeit hervorzauberte, die zeigte, dass die Gegend um den Hafen tatsächlich «Dykking» hieß. Das Kind bekam einen Namen und wurde getauft. In der Mitte des Fjords. Dort ging der ganze Klub mitsamt Alkoholproviant über Bord. Wenn da was passiert wäre – für das tauchende Norwegen wäre es garantiert ein Schlag ins Gesicht gewesen. Die Zeitungen hätten sich mit Wonne über Sauforgien, skandalöse Verhältnisse und das gefährlichste Hobby der Welt hergemacht. Und dieser ganze verbale Dünnschiss hätte in der Frage geendet: Wo bleiben die Vorschriften? Mist – was soll man denn sonst seinen Enkeln erzählen? Nun Kinder, jetzt sollt ihr erfahren, was wir machten, als wir jung waren. Wir standen auf, aßen, arbeiteten, legten uns schlafen. Alles andere lief nur mit Sondergenehmigung. Ob die Kleinen das spannend fänden?

Wenn Hilke an ihre längst verstorbene Großmutter dachte, hatte sie immer den Kleivefoss mit seinem Gepolter und Getöse vor Augen und die Brücke mit dem rot gestrichenen Geländer. Darauf graziös balancierend ein kesses Mädel, tripp trapp, tripp trapp, vor und zurück. Nicht etwa, um dem Patriarchen zu imponieren – er war ja noch gar nicht auf der Bildfläche erschienen. Eine Aktion, die allein jugendlichem Übermut entsprungen war, frei von Strafandrohung, gesetzlicher Verfolgung und rechtlichen Konsequenzen für uns Brückenbenutzer. Mit anderen Worten: bevor der Rechtsstaat Norwegen in Kraft trat.

Nichtsdestoweniger geschah glücklicherweise kein nennenswertes Unglück damals auf dem Fjord. Und nun gedachte sie an Bord zu gehen, die Ausrüstung zu checken und sich auf die nächtliche Prozedur vorzubereiten.

An Bord roch es nach gekochtem Meeresboden, und so sah der Inhalt des Kochtopfes auch aus. Das einzige echt Norwegische auf dem Tisch waren zwei lange französische Baguettestangen. Seit der Taucherkreis einen Kurs über Ernährung veranstaltet hatte – «marine Biologie» hieß das korrekt formuliert –, waren einige Seelen im Klub bekehrt. Vieles davon war zweifellos gut – ungewöhnlich vielleicht, aber durchaus essbar.

Der Tisch ist festlich gedeckt. Neue, saubere Pappteller und halbwegs sauberes Besteck, verborgen unter einem Packen Papierservietten. Mindestens drei pro Person. Plus zwei in Reserve. Und mitten auf dem Tisch thront der Eintopf. Gesegnete Mahlzeit, Freunde. Sie setzen sich. Halten zögernd die Nasen drüber und tauchen dann ein. Schwankend. Zuerst sinken sie durch eine Schicht Blasentang (Fucus vesiculosus), der genauso schmeckt wie der Name sagt. Darunter dann Schweinetang, geschmacklich auch dem Namen nicht unähnlich; sie schmatzen sich ihren Weg durch meterhohe Wälder aus Riesentang mit dem rassistischen Namen «Hyperborea», einem Vertreter des sagenhaften Volks im hohen Norden. Gekochte Kleinfische unbekannter Herkunft gleiten lautlos umher und geben pikante Würze. Die Verdauung nimmt ihren Gang. Der eine oder andere Seltersrülpser bildet sich. Erst klein und leise, um sich dann zu lösen, explodierend aufzusteigen und schließlich an die Luft zu gelangen, dorthin, wo sich Luft gewöhnlich befindet. Und dann, Boot ahoi, liebe Freunde, ist der Grund erreicht, das große Mahl wartet hier weiß und einladend, rein und untouched by human hands. Rasen betreten verboten – betreten wäre hier auch unpassend, das würde nur die alte Schönheit trüben und beschmutzen. Hier liegt die Belohnung. Zitterndes, weißes Muschelfleisch, verführerisch wie ein Ritter aus dem 17. Jahrhundert. Pecten Maximus – am besten schaust du aus, wenn du auf einem Weißweinpferd reitest, eingehüllt in ein schimmerndes Senfmäntelchen. Aber der Koch dieses Etablissements hat klugerweise den Brauereigaul in der kalten Nacht stehen gelassen.

Danach herrscht schläfrige Stille. Es ist, als ob man in einer riesigen Gebärmutter paddelt. Ohne Wände, ohne Boden, ohne Dach. Ohne unten und oben. Träges Treiben. Satt und schwerelos.

Die Idylle hält an, bis irgendein Pionier Tabak, Marke Tidemands Gul Nr. 2, in die Luft bläst. Das Tauchen ist abgeschlossen. Sie haben den Eintopf noch mal überlebt.

3

Drei im Wasser, drei im Boot. Sechs Leute passen locker in die Jolle. Wir fahren raus zu der Schäre dort. Geirr deutet mit Krisenblick auf eine Karte aus dem Jahr 1952 beziehungsweise 1968, herausgegeben vom Norwegischen Seekartenwerk. Alt und gut. Tiefe in Fäden angegeben, nicht dieses neumodische Getue mit Metern. Seekarte und Faden auf See, basta! Sollen doch die Landratten ihre zarten Körper nach modernem Kartenwerk und Metern navigieren und bis in alle Zeiten neidisch bleiben. Sie hingegen sind verbannt zum Seeadel, der seine eigene exklusive und völlig überflüssige Sprache hat. Freut euch, liebe Grausteinbewohner, das Komitee für die Koordinierung von Landes- und Seesprache ist abgesetzt. Im Namen der Sicherheit. Sicherheit für wen? Für das Selbstwertgefühl, was sonst? Für alle, die von *dem* Boot träumen. Das Boot – die Lösung für Eheprobleme, unausstehliche Nachkommenschaft, Stress im Beruf und den Kampf gegen die Kalorien.

Und die Schäre ist mit einer Pricke markiert. Bei Niedrigwasser zeigen sich einige Tangbüschel am Fuß des Holzes. Amputierte Reste der Meeresdünung spielen liebevoll mit dem nachgiebigen Tang – vor und zurück, vor und zurück, in einem ewigen Rhythmus. So lange die Ebbe andauert.

Bei Flut steht die Pricke alleine. Friert an den Beinen und sehnt sich nach den Grenzwäldern, wo sie ihre Wurzeln hat. Oben streckt sich ein verfrorener Zeigefinger aus, immer und ewig gen Westen gerichtet. Unsere Ehre und unsere Macht segelt hier! Der Rest kann innen segeln – nun steht die letzte Reise mir bevor, sing sailor oh! Denn Innen- oder Ostseite sind ungehörig. Sehr ungehörig. «Krötenweg» nennen die Fischer diese Fahrwasser und navigieren großzügig um sie herum.

Der Schöpfung Überfluss bildet unter Wasser eine merkwürdige und faszinierende Landschaft. Sie sind hier schon mal getaucht und haben kindlich gestaunt über ihren Reichtum.

Eine erstarrte und durchnässte Pricke in kalter See, ein Punkt auf der Seekarte, anonym. So erscheint es zumindest den Menschen. Die Fische wissen es besser. Sie kennen die plötzlich auftauchenden Stellen im Meer, wo es Nahrung gibt, die als Verstecke dienen oder zur Mittagsrast einladen, vielleicht trifft man hier jemand, dem man den Laich opfern kann.

Einen gewissen Durchblick haben auch die Menschen. Das beweist der Eisenkram, der hier überall verstreut liegt. Abgenutzte Fischköder, schwedische Pilken, Angelhaken, mit festlichen Farben überzogen, gelb, rot, grün. Viele Hoffnungen haben sich hier schon an der Oberfläche abgespielt. Großer Fisch! Fester Fisch! Und der kann ganz schön stur sein. Kommt ihm ein Stein zu Hilfe, ist er unschlagbar, dann sollte man die Schnur am besten gleich kappen. Sie nutzt sich ohnehin ab. Und Nylon verrottet nicht. Die Schnüre treiben dort wie unsichtbare Stolperdrähte. Sie können die sonderbarsten Happenings improvisieren, falls sie einen Partner dafür finden. Hat dein Kumpel genug Luft in der Flasche, kann es recht unterhaltsam sein, diesem unterseeischen «Danse macabre» beizuwohnen. Hat die Primaballerina aber zu wenig Luft für diesen Auftritt, bleibt zu hoffen, dass der Kopf kühl und das Messer scharf ist.

Ein gleichmäßiges Brummen wie das Schnurren einer Katze unterbricht sie mitten in ihrer Unterhaltung über Lampen und Taue, Leckwasser und Kurs. Aus dem Sonnenglanz des Meeres taucht das Boot auf. Jenes Gefährt, für das Ola Dunk bedingungslos Frau und Kind opfern würde. So jedenfalls empfindet er, wenn er die Heftmitte der *Bootsrevue* aufschlägt und sich genüsslich über die ausgebreitete Zeitschrift beugt. Was soll er schon groß mit Magda? Und den rotzfrechen Gören mit ihrer ständigen Bettelei nach Eis? Hier ist er der Held seiner Träume, schwingt sich elegant über die Reling und lässt sich lässig neben der schokoladenbraunen Schönheit nieder, die sich an Deck räkelt. Here I come! In dem am Kiosk käuflichen Zeitungstraum existieren keine Alltagssorgen, ist keine Rede von der morgendlichen und abendlichen Wäsche, von Reparaturen, finanziellen Nöten und entsprechend schlecht gelaunten Ehefrauen. Hier liegt das Glück, direkt vor seiner Nase. Be a smart fellow, und du wirst einer von uns Jungs. Keine Außenbordmotoren mehr, keine Klappverdecke (falls es mal Regen gibt, Halvor).

Sieh dir das an, dort segelt das Europakapital direkt in norwegische Fischgründe. Hier gehen sie vor Anker und genießen die Idylle für zehn Minütchen, lange genug, um sich den Bauch mit Dosendelikatessen voll zu schlagen, danach rülpsen sie und sagen wonderful, wunderbar oder vielleicht sogar underbart, bevor sie die Wellen wieder zu weißem Schaum zerteilen.

Das Boot nahm Kurs auf das Hafenbecken, glitt auf einen kommuneeigenen Kai zu, nah genug, um die Registrierungsnummer erkennen zu können. Fehlanzeige. Sehr sonderbar, befanden sie an Bord. Schade um den hübschen Kahn, aber er war namenlos.

Die Jungs waren in stiller Andacht versunken, so wie es sich gehört, wenn einem Einblick in den Himmel gewährt wird. Hilke selbst jedoch fragte sich wie jedes Mal erneut verwundert, warum man solche Marzipankreationen nicht einfach in den Messehallen und Ausstellungen stehen ließ. Wo sie eigentlich hingehörten. Okay, zur Not wirkten sie im Hafen von Torquay oder Skagen sehr dekorativ oder auch bei einem schönen Sonnenuntergang in Roslagen. Aber hier? Wo Wind Wind war und kein «Sommerflirt», wo eine Windböe allen Schmuck zunichte machen konnte? Es war, als würde man Dolly Parton nach Henningsvær verpflanzen – mitten im Winter.

Was den Lockvogel an Deck betraf, irrte sie – mal wieder. Ein Mann stand dort und er war mit Mann Nr. 2 dabei, das Boot zu vertäuen. Auf dem Achterdeck erblickte sie noch jemanden. Männer im besten Alter, nach Haarpracht, Bärten und Figur zu urteilen.

Die Bikinis mit den goldenen Kettengliedern, die mit den Wellen um die Wette glänzen sollten, fehlten. Wer waren diese Männer bloß? In diesem Alter und mit so einem Boot auf Ferientrip und dann ohne Frauen?

Suchten sie vielleicht nach dem Fischermädchen Anne, mit Lebertran im Busen und norwegischer Unschuld im Blick? Zu spät – sie ist längst in die Stadt gezogen und hat eine Ausbildung in Kleinkindpädagogik gemacht, um als staatlich angestellte Hüterin der kleinen Kleckse zu arbeiten. Denn nicht alle Kleckse gelangen zurück ins Freie, wo sie auf gestreiften Flanelllaken eintrocknen, bevor sie zu Steckenpferden der Staatskirche werden können. Vereinzelte strampeln sich ab wie die Verrückten in dieser Narrenolympiade, die überall und jederzeit stattfindet, und sie schreien zum ersten Mal neun Monate später. Vom Segen der Kirche und der Gelehrten noch glücklich verschont. Wir werden immer weniger, Leute!

Hilke hatte keine Lust mehr, sich noch länger mit diesem Kapitalistenkahn zu befassen. Sie ging nach vorn an Deck und befestigte einen der fluoreszierenden Stäbe, die sie an einer Tankstelle entdeckt hatten, an der Flasche. Fantastischer Fund – leuchtete wie eine Grubenlampe in der Dunkelheit und war eine gute Ergänzung ihrer Lichtausrüstung. Der arme Junior an der Tankstelle, er war total verlegen, als sie fragten, wozu diese Stange eigentlich gedacht sei. Keine Ahnung, der Senior auch nicht. War es vielleicht Spielzeug? Oder irgendein Sex-Toy? Ha ha. Nein, dafür war sie zu schmal. Ha ha ha. Ein selbst leuchtender Sexstab, damit man immer wusste, wo er sich gerade befand? Begeisterter Applaus. Ja, doch, das würde es voll bringen.

Natürlich hatte Lille-Kjell mal wieder das ganze Klebeband aufgebraucht, um seine Stangen zu befestigen, eine an jeder Flasche. Er hatte wohl Angst, sich zu verirren. Sie warf die Fluorstangen auf den Boden und murmelte etwas vor sich hin, was er garantiert erwartet hatte – seinem Grinsen nach zu urteilen. «Vorsicht», sagte er mit schelmischem Blick. «Big Brother is watching you.» Sie knuffte ihn in die Rippen und hielt den Mund. Ihre gute alte Leuchte würde auch diesmal ausreichen.

Sie rollte ihren Anzug auseinander. Viking Trockenanzug, schwarz und hässlich. Perfekte Tarnung, wenn du halb tot und jenseits der Zeitrechnung daliegst und auf Rettung wartest. Kein Sea King, Rettungsboot oder normales menschliches Auge vermag diese Farbe vom Meeresgrund zu unterscheiden. Früher waren die Anzüge rot wie Briefkästen, aber das war, bevor die Sicherheit an erste Stelle trat. Mittlerweile gab es zehntausend Sporttaucher in Norwegen und der Chef der Firma Viking hatte ein halbes Semester in den USA hospitiert und etwas gelernt: Black is beautiful. Noch nicht mal einen winzig kleinen roten Streifen an der Kapuze erlaubte er. Pechschwarz – super, so war man eins mit dem Meer und jede Suchaktion sinnlos.

Der Bleigurt war schwerer geworden. Das war der Preis, den man zahlen musste, um Neptuns Reich trockenen Fußes betreten zu können. Nach dem Tauchen spürte sie noch lange das Gewicht des Bleigurts im Kreuz. Aber es war verdammt angenehm, trocken zu sein, wenn man zurück ins Boot krabbelte. Und man musste nicht erst entsalzt werden wie frischer Fisch zur Weiterverarbeitung oder sich hinterher sagen lassen, dass man nach Salz schmeckte. Jetzt schmeckte sie nur nach Gummi – Viking Vulk am ganzen Körper.

Flossen, Messer, Tiefenmesser, Manometer, Ventil, Maske, Schnorchel, Handschuhe, Uhr, ein illusorischer Dekompressionsmesser – lass ihn liegen –, die Flaschen und, nicht zu vergessen, dein Retter in der Not: die Tarierweste. Diese weise Erfindung, die dich aus der Tiefe nach oben transportiert, mit zerrissenen oder intakten Lungen, no sweat. Dort liegst du dann in deinem schwarzen Anzug, dem Spiel der Wellen ausgeliefert. Ätsch, ihr findet mich nicht!

Und dann noch die Lampe. Dieser Lichtkegel, der zeigen sollte, wie die Farben dort unten wirklich aussahen, der die träge vor sich hin dösenden Fische sichtbar machen sollte und Schalentiere im Dornröschenschlaf.

Sie spuckte auf das Glas und wischte etwas Möwenkot weg.

4

Um zwölf Uhr Sommerzeit gingen sie an Bord des «Eunuch» und tuckerten los. Das fünfzehn Fuß lange Neutrum von einem Boot ächzte bedrohlich unter dem Gewicht von sechs Personen samt voller Montur. Ein Mann war auf dem Klubschiff «Medhold» zurückgeblieben, und das war gut so. Sonst wäre der Kunststoff unter der Überlast noch zerborsten.

Zuerst wollten sie mit Trockenanzügen tauchen. Sic, Lille-Kjell und Geirr. Danach die drei anderen, gekleidet in rote und schwarze Nasstauchanzüge mit einer

Schicht Salzlake, die zwischen Anzug und Körper zir-
kulierte. Sicherlich ausreichend, so lange man sich im
Wasser aufhielt, aber hinterher zu kalt, falls man den
Anzug nicht sofort auszog.

Die Nacht war ruhig. Die nächste Stadt lag weit dort
drinnen, im Festland, hinter einem 600 Meter hohen
Lärmschutzwall aus grauem Gestein. Er erfüllte einen
guten Zweck. Nicht ein Laut drang hindurch. Trotzdem, man wusste, dass dort eine Stadt lag. Die Wolken
reflektierten ein lautloses, violettrotes Spiegelbild,
kreiert von unzähligen Kilowatt. Alte Leute, die sich an
Bomben und Brände im Krieg erinnerten, konnten sich
an diesen Anblick nicht gewöhnen.
    Entweder wehte nur eine leichte Brise oder der Wind
war flau. Jedenfalls huschte er völlig geräuschlos über
die See. Traf auf einen Holm und glitt folgsam und ruhig darüber hinweg, bevor er seinen Weg fortsetzte.
Der Luftzug wurde kaum zur Kenntnis genommen
von all den Möwen, Seeschwalben, Schmarotzerraub-
möwen, Kormoranen und Tordalken, die sich irgendwo in der Gegend aufhalten mussten. Niemand
flog auf, niemand schlug mit den Flügeln, niemand öffnete den Schnabel. Sie schliefen.
    Merkwürdigerweise waren weit und breit keine an-
deren Schiffe zu sehen. Schliefen die etwa auch? Was
war mit all den Frachtern, die Holzladungen, Öl und
landwirtschaftliche Maschinen transportierten? Was
mit den üblichen Containerschiffen? Lagen sie an
irgendeinem Kai und ließen den Frachtpreis steigen,
anstatt gemächlich durch die Nacht zu schippern? Die
Route lag jedenfalls verdammt einsam, noch nicht ein-

mal ein verspätetes Touristenboot mit Tanz an Bord und lovely country in aller Munde tauchte hier draußen auf.

Die in Richtung Süden steuernde «Hurtigrute» war längst vorbeigefahren. Die Fischer hatten über Walkie-Talkie Kaffee bestellt und tuckerten mit oder ohne zappelnde Fische an Deck zum Nachtimbiss in die Häfen. Es war unendlich still. Himmel und Meer hielten ihr Schäferstündchen, glitten ineinander über, wurden eins. Totale Verschmelzung. Nur die kleinen Inseln zeichneten sich wie dunkle Muttermale auf diesem gewaltigen Himmel-Meer-Körper ab.

Hilke hatte keine Lust, sich unter die Haut dieses Wesens zu drängen. Es war nicht fair, eine derart vollkommene Harmonie zu stören. Sie konnten doch einfach dasitzen, lauschen und lernen, anstatt in diesen Organismus einzudringen.

Aber nein, mit dieser Meinung stand sie völlig allein. Die Nussschale, in der sie saßen, war wie ein bebender Himmelskörper, schwanger mit männlichem Eroberungsdrang. Die Jungs waren in Stimmung. Sie konnten es kaum noch erwarten.

Sie hörte etwas sabbern, geifern. Ja, sicher; der Wolfsrachen. Wo war er? War er abgetaucht und lag schmatzend und lauernd auf dem Meeresgrund?

Du liebe Güte, wie überdreht sie war. Von wegen Sabbern! Natürlich war es das tropfende Ruderblatt, platsch, platsch. Sie musste mal. Das hatte sie nun von diesem hermetisch abgedichteten Trockenanzug, der jeden Wassertropfen abhielt. Wunderbarer Nassanzug – da kann man sich und das Meer so viel aufwärmen, wie man Lust hat. Halt ein und check den Flaschendruck, nimm die Maske und kontrollier die Reserve, lass dich rückwärts ins Wasser gleiten, auf jeder Seite einer, damit «Eunuch» nicht kentert.

Drei im Meer, das O.K.-Zeichen in der schwarzen Nacht, Gottvater quittiert, Wir-gehen-runter-Zeichen, sich am Seil hinablassen, mit dem Kopf zuerst. Lille-Kjell, sie, Geirr. Lille-Kjells Luftblasen steigen hoch wie Rülpser in einer Wasserflasche. Sie liegt auf dieser hemmungslosen Bläschenaktivität. Höllisch, wie viel Luft der Typ holt! Kaum zu glauben, dass sie bei Nacht tauchen, mit all dieser leuchtenden, explodierenden Luft um sich herum. Der Druckausgleich ist kein Problem. Eine gähnende Bewegung mit dem Kiefer und die Gehörgänge öffnen sich. Endlich ist der Meeresboden in Sicht, sie lässt das Seil los, spürt, dass sie ein bisschen zu schwer ist, lässt etwas Luft aus dem Anzug. Geirr ist unten, die Fluorstäbe leuchten wie Sterne. Dann knipst sie die Lampe an. Der Anblick ist immer wieder faszinierend, verschlägt einem den Atem, so überwältigend ist er. Eine Nachtwelt – tief, still und reglos – wird jäh von drei schmalen Lichtkegeln geweckt. Farben zeigen sich in Nuancen, die der Tag nicht hervorzulocken vermag. Wärmer, intensiver. Schwimmendes und krabbelndes Getier starrt mit großen, müden Augen in die Lichtkegel, hält einen Augenblick gebannt inne, um dann in die schützende Dunkelheit zurückzuhasten.

Das Lot zeigt 21 Meter an. Geirr befestigt eine blinkende Lampe am Seil, die Vereinbarung lautet: Verlier dieses Signal nie aus den Augen. Alles klar. Lille-Kjells Lampe blendet Hilke für einen Moment. Als er es bemerkt, dreht er sie rasch zur Seite und gibt mit der

Hand das O.K.-Zeichen. Sie bestätigt mit ihrer Lampe, Geirr ebenso. Ein rascher Blick auf die Messgeräte und sie gehen über zu Phase zwei: langsames Kreisen einen halben Meter über dem Meeresboden.

Lass deine Lampe schweifen, entreiße der Tiefe ihre Geheimnisse, durchschneide die Dunkelheit mit Menschenlasern, lass die frustrierten Fische in ewiger Verwunderung zurück, Licht da hinten, dort unten, Licht überall.

So ist es gut, jetzt fühlt sie sich nicht mehr wie ein unwürdiger Eindringling. Jetzt ist sie der aktive, aggressive Part, diejenige, die das Zepter fest in der Hand hält. Ein schmaler Grad trennt Fantasie und Wirklichkeit, die Sinne sind geschärft, hellwach wie die eines wilden Tieres, auf das überall Gefahren lauern.

Ein blassroter Algendorsch im Nachthemd murmelt etwas von Polizeistunde, ein nicht konfirmierter Krebs schwankt nach einem Biergelage nach Haus, ein Miethai auf Suche nach immer größerem Wohnraum kriecht einher und ein paar Seesterndirnen kneifen beleidigt ihre weiblichen Reize zusammen. Blub, komm nicht hierher, es ist Nacht. Da rollt sich sogar der Großvater persönlich zusammen. Hässlich wie alle Vorzeitechsen und Ursprung zahlloser «wahrer» Geschichten. Du bist ein missachtetes und verkanntes Geschöpf. Hinter deinem enormen Gebiss und der mit Warzen bedeckten Haut schlägt ein freundliches und verwundertes kleines Seewolfherz. Verwundert darüber, dass du zu allen Zeiten von den Menschen verschmäht wurdest, du und dein festes, weißes Kotelettfleisch. Jedes Mal, wenn Fischer Markus dich aus dem Meer zog, warf er dich schimpfend ins Wasser zurück.

Verflucht und verhöhnt, mit Eigenschaften belegt, die nicht die deinen sind. Aber jetzt stand man endlich im Rampenlicht, von zwei Spots angestrahlt, einer auf jeder Seite. Behäbig bewegt er sich vorwärts. Wenn man schon mal auf der Bühne steht, heißt es, so lange mitspielen, bis der Spaß ein Ende hat. Doch das Vergnügen währt kürzer als erwartet. Die Lampe macht nicht mehr mit. Das Spotlight geht in Intimbeleuchtung über und erlischt schließlich ganz. Die Batterien! Die zu überprüfen, hat sie vergessen. Und das verdammte Teil gibt offenbar rascher den Geist auf, als der Verkäufer behauptet hat. Hell, blink – blink, dunkel. Zum Teufel mit der Taucherlampe. Sie muss sich an Geirr dranhängen.

Sie registrierte, dass Lille-Kjell sich auf ihrem Kurs befand und mit seinem Lichtkegel näherte. Was hatte er denn nun vor? Sehr lustig! Er packte den vom Rost durchlöcherten Eimer, der dem Seewolf als Unterschlupf diente, am Griff – und zog ihn weg. Warum um alles in der Welt musste er den armen Teufel in die dunkle Nacht hinausjagen und seine Behausung in ein anderes Revier verfrachten? Dieses idiotische Spielchen würde der Lümmel noch bereuen, spätestens, sobald es ein Ende hätte mit der zwangsläufigen Sprachlosigkeit unter Wasser! Und wo sollte der Obdachlose nun hin? Hoffentlich platzierte er seine Zähne nicht aus lauter Verzweiflung in Hilkes Anzug. Sie glaubte schon zu spüren, wie sich eine dreifache Zahnreihe tief in ihr Fleisch bohrte. Geirrs Scheinwerferlicht streifte den Tatort – aber nein, so leicht ließ sich die Kreatur zum Glück nicht vertreiben. Sie thronte nun neben der alten

Behausung, auf einem Haufen Schrott, und blickte argwöhnisch drein. Der Rausschmeißer kreiste neugierig über der Stelle. Ach so, natürlich, das hatte Hilke vergessen: Lille-Kjells unersättliche Entdeckerfreude. Er glaubte wohl, dass sich ein Wrack unter dem Eisenhaufen verbarg. Haha. Mist, unter Wasser sollte man sich tunlichst nicht zum Lachen bringen lassen. Durch die Lachfalten drang zu viel Wasser in Maske und Mundstück. Sie schnaubte durch die Nase und konnte die Maske entleeren.

Was war denn jetzt los? Er machte sich tatsächlich über den Eisenhaufen her. Orderte Arbeitsbeleuchtung. Sorry man, sieht schlecht aus. Sorgsam sortierte er die einzelnen Rostteile aus, begutachtete sie, ließ sie wieder los. Nichts Spannendes, Herr Goldgräber, nur ausgedienter Eisenkram, den ein Schiffsjunge auf Befehl des Kapitäns über Bord geworfen hat.

Kommt jetzt, Jungs, wir gehen rauf. Abgemacht ist abgemacht. Oben im Boot sitzen drei, die es kaum noch erwarten können, die Schatzsuche zu übernehmen. Sie hatte genug vom dunklen Meer, sie wollte nach oben, endlich pinkeln und sich wieder mit heißer Suppe und kaltem Bier auffüllen. Kommt schon, ihr sturen Böcke! Sie stieg etwas höher und betrachtete von ihrem Logenplatz aus das Duo auf der Schutthalde, restlos bedient von der männlichen Neugier, die nie ein Ende fand. Das Meer hatte sich verändert. Es lag kein freundliches Vibrieren mehr in der Dunkelheit. Das Meer war ebenso ungeduldig wie sie, wollte sie nicht mehr hier unten haben.

Aber was war das? Verwundert beobachtete sie, wie

Lille-Kjell etwas aus dem Schrotthaufen zog, etwas langes, helles Plastikartiges. Das sah nicht wie ein Meeresgewächs aus, nein, das war gründliches Menschenwerk. Ein Plastikbeutel! Sonderbar. Okay, Kapitän Dick, du hast was gefunden, nimm es mit rauf. Ich will rauf!

Die Stimmung behagte ihr nicht. Ein Zittern durchzog das Wasser, es krabbelte an ihren Schläfen, eine drahtlose Nachricht, die sie nicht zu deuten vermochte. Die schwarzen, schwerelosen Schatten unter ihr sogen den Sauerstoff in kurzen, hektischen Zügen ein. Die Spannung hämmerte in ihnen, Zeit, Ort und Verabredungen waren vergessen, hier galt es zu forschen. Ein Messer blinkte auf. Wollten sie die Tüte wirklich hier unten aufschneiden? Wutentbrannt stieß sie hinab, auf die Lichtkegel zu, wollte ihnen das Signal zum Aufstieg geben.

Dann sind sie urplötzlich da. Schwarze Schatten. Sie wühlen das Wasser auf, zerteilen die Fluten, wachsen aus der Dunkelheit. Gleitende Wesen, nicht Lille-Kjell, nicht Geirr. Blitzschnelle Bewegungen, ein Crescendo aus Luftblasen steigt ihr entgegen. Herrgott, sind das Haie? Nein, nein, reiß dich zusammen – es gibt keine Haie an der Westküste. Es sind Wesen wie sie. Wollten die Jungs im Boot nicht länger warten und sind gegen die Absprache runtergekommen, wütend über ihre Trödelei?

Ein Lichtstrahl trifft mitten auf Lille-Kjells Gesicht. Sie sieht die weit aufgerissenen Augen des Tauchers, sie sieht von Luftblasen brodelndes Wasser, panisches Fuchteln, sieht, wie ein fremder Mann ihm die Maske abreißt, sieht das von Todesangst entstellte Gesicht, sieht den irrsinnig verzerrten Mund im grellen Schein der Lampe – weg, sie muss weg! Das ist der Tod! Das Meer windet sich in Krämpfen, hinauf, hinauf! Ihre Finger krallen sich um die Lampe, das Seil, eine Schlinge – die Plastiktüte! Lass sie liegen, lass das Teufelszeug liegen. Sieh zu, dass du raufkommst! Sie zerrt die CO_2-Patronen aus ihrer Weste und versucht panisch, die Schlinge der Tüte abzuschütteln, die sich um ihr Handgelenk gewunden hat.

Wie ein sprudelndes Projektil schießt sie an die Wasseroberfläche, die Lungen am Explosionspunkt expandierender Luft, aus dem weit geöffneten Mund schäumt Gas. Ausatmen, ausatmen! Wenn nicht, macht der Lungenballon peng, und niemand, nicht einmal du, Superwoman, kannst mit so einem Ballonfetzen atmen! Hält sie jemand an den Beinen fest?

Bruchteile von Sekunden werden zu Ewigkeiten. Dann wird der Mensch aus den Wogen geschleudert, die Sauerstoffmaske hängt um ihren Hals, die Plastiktüte baumelt am Handgelenk. Sie taucht an die Oberfläche.

Das Boot – wo ist das Boot? Nein, Schlaumeier, das Boot ist gefährlich jetzt, schwimm weg, hinein in die schwarze Nacht. Weg von dem Strudel, den du unter dir spürst, verschwinde in die Dunkelheit. Die See kräuselt sich, der Wind hat gedreht, während sie unten waren, sie stößt auf und spürt Panik wie stechende Ameisen an ihrem Körper hochsteigen. Nein, don't panic, egal, was du tust, lass dein Hirn nicht von Ameisen befallen. Schnall die Flasche ab und vor allem die verdammte Lampe! Sie weiß nicht mehr, ob sie die Leuchtstäbe an die Flasche montiert hat oder nicht. Mit steifen Fingern löst sie die Gürtelschnalle und der Bleigurt sinkt rasch in die Tiefe. Die Finger fuchteln an der Flaschenschnalle, nur keine Panik jetzt, ganz ruhig, versenk die Flasche schön in den Fluten, mit oder ohne Fluorstäbe.

Sie hat Blutgeschmack im Mund, unterdrückt einen Schrei. Sie verrenkt und windet sich, um aus dem Gurt herauszufinden, mit einem Herzschlag, der das Plätschern des seitwärts abdriftenden Sauerstoffbehälters übertönt.

Die Umrisse einer Anhöhe treten hervor. Die Lichter vom Kai. Sie rückt die Maske und den Schnorchel gerade, wälzt sich auf den Bauch und beginnt zu schwimmen – in die entgegengesetzte Richtung. Aber der Schnorchel gibt nicht genug Luft, sie wird ersticken, reißt ihn vom Mund, dreht sich in Rückenlage und paddelt schwer atmend weiter. Dort oben ist der Große Wagen. Sein Rad scheint eine Panne zu haben. Und Orion hat vergessen, den Hosenschlitz zuzuknöpfen. Spielt keine Rolle! Alles vergeben und vergessen, edle Götter, alles, wenn ich es nur schaffe, diese Landspitze da zu umrunden. Wegzukommen, bevor der Mann im Mond den Tau vom Himmel trocknet und die ganze Welt mondhell macht.

Die Schwimmstöße bringen sie kaum voran, sie liegt wie eine Blase auf dem Meer. Es fehlt nicht viel und sie könnte auf dem Wasser gehen. All das wird eingegeben, doch ihr EDV-System versagt, kann die Informationen nur verspätet verarbeiten. Richtig – lass etwas Luft aus der Schwimmweste, dann liegt der Körper tiefer. Die Theorie stimmt, zischend entweicht die Luft und das Schwimmen fällt leichter. Wo kommt all der Schleim in Mund und Kehle her? Ihr Husten gleicht einem Donnerschlag über dem Meer, es ist, als kämen ihr die Eingeweide hoch. Sollten ihre armen Lungenbläschen wirklich so enden, degradiert zu widerwärtigem, schleimigem Auswurf? Nicht nachdenken, das kannst du dir jetzt nicht leisten – schwimm! Immerhin funktionieren die Beine. Rauf, runter, rauf, runter, rechts, links, rechts, links – schwimm!

Langsam arbeitet sie sich auf die Landspitze zu. Wie eine dunkle Zunge ragt sie aus dem Wasser. Dahinter ist sie in Sicherheit, dahinter kann sie erst mal aufatmen und sich neu orientieren.

Vor einer kleinen, kahlen Insel findet sie Boden unter den Füßen und sieht forschend in die Dunkelheit. Alles ist in gleichmäßiges Schwarz gehüllt – oder doch nicht? Nein, manches ist tiefschwarz, während anderes nur schwarz ist. Das tiefschwarze muss Land in irgendeiner Form sein. Und sieh dir den Himmel da hinten in der Ferne an – gesegnete Zivilisation, die Licht ausstrahlt! Dort will sie hin. Das Gehirn setzt einen Moment lang aus, ihr dröhnt der Schädel. Okay, leg los, wein von mir aus salzige Tränen in das salzige Meer, wenn du glaubst, dass das hilft. Nächstes Ziel ist, den nächsten tiefschwarzen Punkt zu erreichen. Dorthin, und nicht ans Ende der Welt. Es wird schätzungsweise höchstens halb so weit sein. Irgendwas muss man tun, um sich bei Laune zu halten.

Plötzlich hört sie Geräusche, Lärm, abgerissene Rufe steigen auf, hängen am Himmelszelt wie disharmonische Noten. Platschen und Rauschen, hektisches Treiben. Dinge geschehen. Was machen sie da? Halten die anderen Ausschau nach ihr? Rasen an Land und schicken Taucherunglücksnachrichten über den Äther? Suchen die Wasseroberfläche nach Luftblasen ab?

Sie werden nichts sehen in der Dunkelheit, der Wind hat die See gekräuselt. Ob sie Scheinwerfer einsetzen? Kaum ist der Gedanke zu Ende gedacht, da durchschneidet ein Lichtstrahl die Dunkelheit. Sie reagieren schnell. Ein Motor wird gestartet. Aber es klingt nicht wie das Schneebesengeräusch eines Außenborders, auch nicht wie der heulende Callesen! Es ist die Eurokapital, die wie eine artige Katze schnurrt, wenn man den Zündschlüssel dreht. Wie kommt die so plötzlich ins Bild? Das Gehirn versagt seine Dienste, die Gedanken plätschern in einen dunklen Brunnen mit glitschigen Wänden, die Mühle der Vernunft mahlt nur langsam darin. Der Körper übernimmt das Kommando und eine schwarze, vorübergehend geistlose Hülle beginnt zu schwimmen.

Wie lang kann es ein Mensch in 6 bis 8 Grad kaltem Wasser aushalten? Eine Viertelstunde, behaupten Pessimisten, eine halbe die Realisten, eine volle Stunde die Optimisten. Torpedierte Seeleute sprechen von mehreren Stunden, allerdings mit dem Kopf über Wasser, entweder angebunden an ein Floß oder von einem Kameraden am Schopf festgehalten. Das Meer presst die Wärme aus deinem Körper, saugt langsam das Leben aus dir heraus, Stück für Stück, in einer betäubend kalten Umarmung. Doch was passiert mit einem Menschen, der von Kopf bis Fuß in schwarzes Gummi mit Faserpelz eingehüllt ist? In dessen Anzug kein Wasser dringt – zumindest nicht von außen? Dieser Mensch erfriert nicht, jedenfalls nicht so schnell. Aber wenn dieser Mensch um die halbe Erde schwimmt, und das bei finsterer Nacht und kabbeliger See – dann zeigt es sich, ob er ein guter Jogger ist. Dreimal pro Woche: Du hast eine Chance. Einmal im Monat: Gott sei mit dir. Aber hier liegt ein Trugschluss. Man darf den «Hölleneffekt» nicht vergessen. Zur Hölle, sagen wir manchmal und meinen es auch. Sprechen es aus, wenn wir in den Bergen klettern, steile Hänge erklimmen, wenn wir auf Geröll ausrutschen und fallen, uns wehtun, die Knie blutig schlagen – und trotzdem weiterklettern. Wir frieren, wir haben Hunger, wir klettern weiter. Wir halluzinieren und fluchen, reißen uns die Haut an scharfen Felskanten auf. Aber aufgeben? Zur Hölle, nein! Klettern – gegen jede Vernunft, im wahrsten Sinne des Wortes von allen guten Geistern verlassen, weiter, weiter, weiter. Das Gehirn schrumpft und der gute Mann schüttelt voll Sorge sein lockiges Haupt – gib auf, Kreatur! Gib auf und komm nach Walhall mit den lockenden Frauen und was-auch-immer-da-noch-war. Zur Hölle! Der Fluch hat von uns Besitz ergriffen, der Dämon hat Einzug gehalten und sich unser bemächtigt, jeder Muskel- und Nervenfaser, jeder einzelnen Vene und Sehne. Er wühlt sich ins Herz und schneidet in die Lunge. Doch ist er dein Feind? O nein. Der Dämon will nicht nach Walhall. Er ist ein Zwitter und braucht keine lockenden Frauen. Er gräbt und sticht, schlägt und schlitzt, um dich vorwärts zu treiben, vorwärts! Dem hellen Lichtschein entgegen, auf etwas zu, von dem du früher einmal wusstest, was es war.

Sie starb viele Male unterwegs. Sah sich selbst auf algengelber Spitzendecke ausgebreitet liegen, schwebend und wogend zwischen schönen Wesen, die sie lautlos umkreisten. Liegend mit einem verträumten, bleichen, ergebenen Lächeln. Wunderbare Welt. Sie wollte in ihrem Märchenreich versinken. Unergründlich lächeln und das schönste Wesen gewinnen. Sich willenlos vom Rhythmus des Mondes treiben lassen. Vor und zurück, zurück und vor. Sie lehnte sich hingebungsvoll nach hinten, um in die Tiefe zu sinken. Sie sank nicht. Sie wollte, aber sie sank nicht. Es misslang. Die schönen Wesen dort unten ließen es nicht zu, es war ihr nicht erlaubt, als schwarzer, hässlicher, von innen verfaulender, schleimiger, stinkender Gummiklumpen auf dem Meeresgrund zu liegen. Sie war abscheulicher, verrottender Dreck, den sie nicht haben wollten. Sie war ausgestoßen. Tränen des Selbstmitleids strömten hervor. Ausgestoßen – nicht erlaubt.

Irgendwann drangen Signale an ein abgeschaltetes Menschenhirn. Geräusche. Auf Hochtouren arbeitende Motoren, über und unter Wasser wahrnehmbar, von roten und grünen Lichtern begleitet. Zielsicher bewegten sich die Laute auf sie zu, unter sie hindurch, über sie hinweg, jedenfalls an ihr vorbei und fort. Das Rettungsboot. Unterwegs, um zwei Tote zu bergen. Noch ein Licht flammte auf, ein starker schneller Blitz auf fieberhafter Suche. Systematisch, Quadratmeter für Quadratmeter, hellwache Augen, die nach dem dritten Toten spähten.

Tote Taucher sind zumeist stumm, weder sie noch das Meer können behaupten, dass irgendwann irgendetwas geschehen ist. Keine Zeugen, keine Spuren.

Der Scheinwerfer arbeitete sich langsam weiter, kreiste in gierigen Bögen über das Wasser, alles durchleuchtend. Doch sie hörten zu früh auf. Sie verschätzten sich. Bis hierhin und nicht weiter, dann drehte der Scheinwerfer ab. Ließ seinen Lichtkegel über jede Schäre schweifen, jeden Spalt überprüfend, auf der Suche nach Beweisen, die sie eigentlich tot auf dem Meeresgrund vermuteten. Aber um ganz sicher zu gehen . . . Sie kehrten um und waren eine große Hilfe gewesen.

Der Tod löste ihr stoffliches Ich auf und ließ es ins Meer überfließen. Sie übergab ihren Körper einer gelungenen Transplantation, wurde viele dunkle Fäden tief, umspülte Holme und Tang, erweiterte die Umarmung, wiegte rhythmisch gegen den Ufersaum, kitzelte Boote und Pfähle, verfing sich im Hafenbecken, trieb ins offene Meer, trug den norwegischen Seemann auf starken Armen um die Welt. Sie umfing die Welt in einer nassen, kühlen Umarmung. Die Welt war gar nicht so groß, sie reichte um sie herum. Wunderbarer Tod – in einer größeren Einheit aufgehen. Neugeboren als Ebbe und Flut, Welle und Tiefe. War sie die Erste? Sie wimmerte vor Dankbarkeit. Zurück zum Ursprung, das war die begonnene Reise. Zurück zum Meer. Sie war die Erste, die zurückkehrte, nachdem sie zu fester Materie geworden und aus dem Meer emporgestiegen war, am Erdenleben geschnuppert und es für leer und sinnlos befunden hatte. Sie war auf dem Heimweg. Heim? In einem Heim lebten viele andere, also würden auch sie dort sein, all die anderen. Ja, jetzt spürte sie es, Milliarden plätscherten im Takt mit ihr – auf und nieder, auf und nieder, in der ewigen Ruhestätte des Meeres. Wunderbar. Göttliche Kraft, sie alle waren Götter.

6

Die Gestalt, die sich auf der äußersten kleinen Insel in der Dämmerung materialisierte, war ganz und gar nicht göttergleich. Es war wohl eher die reine Zentrifugal/Zentripetal-Kraft, jede an einem ihrer Enden ziehend, die dieses Wesen aufrecht im Gleichgewicht hielt. Ein freundschaftlicher Klaps hätte gereicht, es zu Fall zu bringen. Mit all seinen salzwassergefüllten Molekülen. Die Flossen warfen es dennoch um, tief und endgültig. Die Erdanziehungskraft hatte gesiegt. Doch der Dämon wollte weiter, wollte nicht untätig liegen bleiben. Als gekrümmter Vierfüßler setzte der Mensch seinen Weg über die von Heidekraut überwucherte Insel fort. Sie lag mitten im Weg, diese Insel, sie kam nicht drum herum, musste sie überqueren. Und sie kroch aus dem Wasser, über rundgeschliffenes Gestein, über Miniwälder aus verblühter Heide, stieß mit der Stirn hart gegen einen Fels und blieb liegen. Hausarrest auf unbestimmte Zeit im eigenen Kokon. Frau vom Meer, du hast einen dicken Schädel, er hat gehalten.

Solche Inseln, wo menschliches Treibgut an Land gespült wird und liegen bleibt, ohne je von einer Menschenseele entdeckt zu werden, findest du im Westen.

Nur der eine oder andere Bekloppte mit Wurzeln in der Großstadt singt im Einklang mit der Windharfe in dieser Provinz. Am liebsten im Sommer, wohlgemerkt. Und da ist selbst der stärkste Wind harmlos. Der Fischer hat nämlich oft genug zu kämpfen mit Meer und Sturm, Brechern und aller dazugehörigen Teufelsmacht, so dass er dem Westen lieber den Rücken zukehrt, sich vergräbt, den Ofen feuert und dickbremsig die ganze Sache vergisst, so lange er kann.

Man stirbt nicht, nachdem man gerettet ist – oder doch? Ein Kokon lag dort. Hilkes Interieur lief auf Sparflamme, zitternd und knirschend. Der Schlaf hat viele Gesichter. Ruhig, tief, gut oder nervös, angstvoll oder unruhig. Hilkes war keiner davon. Alle Energie war der Lebenspumpe zu Hilfe geeilt, wohl wissend, dass auch sie bald zu unnützem Schrott verwandelt sein würde, sobald sie aufhörte, Öl durch die Maschine zu pumpen. Der Dämon betrieb Herzmassage. Presste mit beiden Klauen rhythmisch das Herz zusammen, schnitt dem Sensenmann und der Todesgöttin Hel Grimassen und weigerte sich, das sinkende Schiff zu verlassen. Es gelang ihm, den Prozess umzukehren, den Kokon wieder auf Volldampf zu bringen, der Tourenzähler stieg.

Gefahr gebannt. Den Dämon verließ die Puste und zurück blieb ein schwarz gekleidetes Gummiwesen im Schutz einer vorstehenden Felsnarbe.

Hilke war dabei zu gebären. Das Fruchtwasser war schon ausgelaufen, jetzt gebar sie. Nun war sie an der Reihe, dem Befehl irgendeines Weisen zu folgen. Sie gebar unter Schmerzen, ein unfertiges Leben drängte aus ihr heraus. Presswehen, wahnsinniger Druck und Qualen, und sie gebar ein weiteres Mal. Es verließ ihren Körper und legte sich um ihre Schenkel, kroch über ihren Bauch, umfasste ihre Hüften – heißes, pulsierendes Leben. Sie hielt ein, wollte nicht. Aber das hier war stärker als sie, es schnitt sich los mit scharfen Messern und presste sich vorwärts, verließ ihren Körper mit ausgefahrenen Krallen. Sie bettelte und flehte, weinte und fluchte. Aber sie gebar, immer wieder, wie am Fließband spuckte sie unfertige Leben aus. Sie glitten aus ihr heraus, nahmen dabei immer mehr von ihr selbst mit, entleerten sie völlig – gieriges Pack –, nahmen alles, was in ihr gelebt hatte und schoben es vor sich her, alles, was ihr gehört hatte, was sie gewesen war! Sie schrie in ohnmächtiger Wut.

Der Schrei weckte nach und nach ihre Sinne. Sie hörte die Stille nach dem Schrei, spürte den Schmerz im Unterleib, ein ungeheuerliches Durstgefühl, und graue Herbstluft stieg ihr in die Nase. Ein halbes Auge ließ sich gegen einen grau melierten Himmel öffnen.

Gleichzeitig wurde ihr bewusst, was geschehen war, warum sie hier lag. Uninteressant, wie sie hierher gekommen war – sie lag eben hier. Wo «hier» war, wusste sie nicht. Hauptsache, sie war an Land und konnte atmen, hatte sich mit oder ohne fremde Hilfe aus dem Wasser geschleppt. Entweder hatte sie sich Unterleib und Rücken beim Schwimmen verletzt oder ihre Menstruation hatte zu früh eingesetzt. Zehn weiße, aufgedunsene Finger pellten sich aus den Handschuhen und bewegten sich aufeinander zu, um eine Art Zusammenarbeit zu starten, um diesen monströsen Anzug loszuwerden, in dem sie gefangen war.

Dann hängt sie dort. Eine große weiße Raupe, übersättigt mit Hormonpräparaten. Sie schüttelt sie schaudernd ab, blickt nach unten. Nein, sie hängt immer noch da. Die fünf Finger der linken Hand gleiten zuerst an ihr Auge und öffnen es, bewegen sich dann langsam auf die Raupe zu, packen und werfen sie weg. Au! Ein dumpfer Schmerz durchfährt das Handgelenk. Da erinnert sie sich. Auch daran erinnert sie sich. Sie richtet sich mühsam auf in den Sitz, betrachtet die Schlinge an ihrem Handgelenk, an der eine weiße Plastiktüte hängt. Erinnert sich an etwas, das sie am liebsten vergessen möchte, zwingt ihre Augen weiter, registriert, dass ihre Maske mit zersprungenem Glas neben ihr liegt. Das alles ist fast zu absurd, um wahr zu sein. Sie beugt sich nach vorn und schafft es, die Donald-Duck-Füße abzustreifen. Sinkt dann völlig erschöpft zurück. Diese Gummihülse alleine auszuziehen, ist schlichtweg unmöglich. Der Reißverschluss ist hinten, von Schulter zu Schulter. Sie ist hermetisch verschlossen. Hilke schwitzt. Hat eine Idee, blickt auf ihr Bein – Gott sei Dank, da sitzt das Messer sicher und fest im Gurt. Sie zieht es heraus und führt es an ihren Bauch. Meine Güte, ob sie jetzt anfängt, sich selbst aufzuschneiden? Sie hat kein Gefühl dafür, wo die Gummischicht aufhört und ihre Haut anfängt. Muss es einfach probieren. Vorsichtig beginnt sie zu schnipseln. Die Gummihaut ist zäh, gibt aber nach, sie zieht sie vom Körper weg und schneidet. Ein großer Riss, von unten nach oben. Ihre Scham ist feucht, ihr schlägt ein süßlicher, bekannter Geruch entgegen. Hier fließt Blut, ja. Sie atmet erleichtert auf. Die Schmerzen sind leichter zu ertragen, wenn man weiß, woher sie stammen.

Ob sie den Anzug ausziehen soll? Nein, die kalte Herbstluft drängt bereits durch die Öffnung an ihren Körper, fröstelnd zieht sie den Anzug zu und rollt sich zusammen. Sie muss handeln, etwas unternehmen, aber nicht jetzt sofort! Die Arme eng um den Körper geschlungen rollt sie sich von einer Seite auf die andere, rollt Leben in ihre steifen Glieder und unterdrückt die verdammten Menstruationsschmerzen.

7

Wie heißt das Märchenland, an dessen Ufer sie getrieben wurde? Ist es Festland oder nur Fliegendreck, hundertfach auf der göttlichen Landkarte vorhanden? Es ist sicher die Hauptinsel mit Schule, Kirche, Geschäften, Bethaus – und mit dem Lebensnerv, der mit der Welt verbindet: der Fähre. Sie sieht sich um. Allmählich wird auch das andere Auge wieder brauchbar. Nur mit Heidekraut überwachsene Hügel und Meer. Festland kann es nicht sein, dann wäre sie von Bergen umringt, doch hier sieht sie direkt auf das Meer, Meer und nochmals Meer. Kleine Holme und Salzwasser. Ist das nicht die Freiheitsgöttin mit hocherhobenem Bierkrug in der Hand, die sie weit dort hinten am Horizont erblickt? Nein, es handelt sich wohl eher um ein prosaisches Leuchtturmfeuer. Nachts blinkt es, tagsüber schläft es, wie es sich gehört.

Im Nordwesten ist ungewöhnlich viel Schiffsverkehr, sie wendet hastig den Blick ab, will nicht daran denken – nicht jetzt. Also, behalte den Anzug an, nimm

Flossen und Maske mit, steck das Messer ein, klettere auf eine Anhöhe und kriege heraus, wo du dich befindest. Leichter gesagt als getan. Sie geht nicht, sie kriecht. Ihre Beine sind noch überfordert vom aufrechten Gang, außerdem ist es vielleicht besser, kein Blickfang zu sein.

Es ist eindeutig die Hauptinsel, sie sieht die gleichen Berge, die sie gestern gesehen hat, oder ist es länger her? Sie sind näher gerückt, sehen nicht mehr so intensiv blau aus, der Wolfsrachen ist greifbar nah, dass sie fast meint, einen Hauch schlechten Atems zu spüren. Sie macht sich auf den Weg, verschwindet in einer Mulde und stößt auf fließendes Wasser. Träge fließendes, braunes Wasser: Moorwasser. Aber sie besinnt sich erst, als Erde zwischen den Zähnen knirscht. Sie kotzt alles aus, das braune, eklige Moorwasser, Meeresboden, die Verlockungen der Bootsküche quellen hervor. Rotz und Tränen fließen, sie entdeckt einen anderen Bach, wäscht Gesicht und Hände ab und kriecht weiter. Erreicht eine Landzunge und sieht sich plötzlich mit dem König der Insel konfrontiert, besser gesagt mit dessen Wohnsitz. Eine verwitterte Baracke kauert mitten in der Landschaft. Ein kaum als solcher zu erkennender Pfad führt dorthin, ein lebensgefährlich aussehender, alter Kahn steht an Land, Angelausrüstung und diverse Geräte lehnen an einer Hauswand. My home is my castle. Aber wo ist der Bewohner? Sie wartet ab, beobachtet. Kein Lebenszeichen. Ob es nur eine Arbeitshütte ist? Nein, sie sieht verdammt bewohnt aus. An einer Leine, die sich von der Hauswand zu einer windschiefen Fichte spannt, hängt ein zerschlissenes Handtuch. Liegt der Hausherr im Bett und schläft?

Wie spät es wohl ist? Sie hat ja eine Uhr! Die hat sie total vergessen. Sie zeigt 15.35 Uhr an, also Nachmittag, und er ist auf der Arbeit. Oder er liegt irgendwo volltrunken herum, ist nicht Wochenende?

Die Entscheidung, was tun, fällt nicht schwer. Ihr Durst wird immer qualvoller. Vielleicht gibt es an der Baracke frisches Wasser, eine Quelle oder einen Brunnen oder etwas ähnlich Himmlisches. Sie rappelt sich auf und schafft es, sich in einer Art Neandertalhaltung bis zu der Behausung fortzubewegen. Späht durch eine vom Salzwasser milchig belegte Fensterscheibe. Keine Aktivität dort drinnen, sie lauscht. Auch kein Schnarchen. Sie registriert ein heilloses Durcheinander von Geschirr, Klamotten, Schränken, Tischen, Zeitungen, Aschenbecher, blaue und weiße Buttermilchpackungen. Ihr läuft das Wasser im Mund zusammen, sie kann schmecken, wie die kühle, säuerliche Flüssigkeit in den trockenen Mund fließt, über den geschwollenen Gaumen, in die ausgetrocknete Speiseröhre. Wo ist die Tür? Sie muss ihn auf der Stelle haben, diesen göttlichen Trank! Keine Zeit zum Anklopfen. Sie drückt die Türklinke herunter, spürt den Lebensnektar schon auf ihren Lippen. Abgeschlossen, es ist abgeschlossen, diese verdammte Tür ist tatsächlich abgeschlossen! Unbegreiflich, nicht zu fassen, eine total menschenfeindliche Handlung. Sie lässt sich auf die wacklige Holztreppe sinken und versucht herauszufinden, was dieser Mensch gegen sie haben könnte. Was hat sie ihm bloß getan? Ihm die Freiheit, Hab und Gut, Angelglück oder die Nachtruhe geraubt? Sie bittet doch nur um einen kleinen Schluck Milch. Sie war so sicher gewesen, dass er ihn extra für sie aufbewahrt hatte – und dann ist er einfach gegangen und hat auch noch die Tür abgeschlossen. Na gut, dann wirft sie eben die Scheibe ein, sorry old chap. Sie findet eine Eisenstange und will gerade zur Tat schreiten, als ihr Blick auf etwas fällt, das frisch und frei neben dem Fenster hängt. Der Schlüssel! Klar doch, wie konnte sie den hiesigen Brauch vergessen: die Tür abschließen und den Schlüssel aufhängen, falls Tante Alma vorbeikommt. Dann kann sie hineingehen, den Kaffeekessel aufwärmen und einen Zettel schreiben, dass sie da war, aber du warst leider nicht da, und sie muss jetzt gehen, weil Kristoffer Kaffee braucht, wenn er aufsteht, und viele Grüße Tante Alma. PS: Falls du einen Riesenseelachs gefangen hast, heb was für mich auf, du brauchst vielleicht ein neues Paar gestrickter Handschuhe.

Der Schlüssel wird vom Nagel gerissen, im Schlüsselloch herumgedreht, und die Tür zum Himmelreich öffnet sich weit. Herein stürzt ein schwarzes Wiesel, ergreift den Pappkarton, der das Lebenselixier enthält, und trinkt. Langsam, nicht so hastig, aber was soll's, sie schüttet den Inhalt hinunter ohne abzusetzen. Setzt sich erschöpft nieder und bittet ihren Magen um Aufnahmebereitschaft. Lange bleibt sie sitzen und redet besänftigend auf ihren Körper ein. Das wirkt. Der Feinschmecker dort unten mochte diesen edlen Tropfen eindeutig lieber als den von vorhin. Sie sieht sich um, nach Essbarem, Wasser, Kleidung. In dem Zimmer herrscht das reinste Chaos, überall liegen Flaschen herum, auf dem Tisch, den Stühlen, unter dem Bett. Bierflaschen, Schnapsflaschen, lange, kurze, dicke, dünne. Sie lächelt vor sich hin, der Hausherr scheint weiß Gott kein Asket zu sein. Sämtliche Flaschen sind leer, also wird er unterwegs sein und für Nachschub sorgen, ein hartes Stück Arbeit. Es stinkt nach Männerschweiß und kaltem Zigarettenrauch, der arme Teufel, seine Träume liegen auf dem Boden der Flaschen begraben, wie viele er wohl leer trinken muss, um . . .? Scheiß drauf, such dir lieber ein paar annähernd saubere Sachen zum Anziehen. An einem Kleiderhaken hängt ein Islandpulli, rot und schwarz im gängigen Muster. Auf der Hose, die dort auf dem Bett liegt, fänden noch ein paar Flecken Platz, also muss es die Sonntagshose sein.

Schuhe? Sie erblickt ein Paar ausgelatschter Stiefel, in denen muffige Socken stecken. So was wie Unterwäsche hat der gute Mann wohl nicht auf Lager. Und falls er welche besitzt, dann ist sie sicher mittlerweile an ihm fest gewachsen. Dafür entdeckt sie ein Handtuch, verdächtig unbenutzt. Sie zieht sich schnell den Gummianzug aus, hält jäh den Atem an, als sie an sich herunterschaut. Eine Leiche, sie sieht ja aus wie eine aufgedunsene Wasserleiche. Vorsichtig entledigt sie sich des Nylonpelzes. Blut, überall Blut. Literweise, ein grässlicher Anblick. Wie einer spontanen Eingebung folgend, stürzt sie hinaus, die Treppe hinab, reißt die Leine samt Wäsche mit sich, rennt zum Meer und springt in die herbstkalten Fluten. Wäscht das Blut von ihrem Körper, reißt sich den Slip vom Leib. Wäscht weiter. Jede Berührung ist schmerzhaft, die Haut ist wund, sie sieht nicht nach.

Der gleiche Weg zurück, sie schüttelt sich wie ein nasser Hund und hinterlässt kleine Pfützen auf dem Fußboden. Fieberhaft sucht sie nach etwas Brauchbarem, findet Wundsalbe im Küchenschrank, schmiert Schritt und Oberschenkel damit ein. So löscht man einen Brand, sie schmunzelt über ihre albernen Gedanken. Verband, Mullbinde? Gibt es nicht, sie nimmt das Handtuch und formt es zu einer Binde. Sicherheitsnadeln? Massenhaft. Sie schlüpft in die Sonntagshose, vorne und hinten befestigt sie das Handtuch, stellt fest, dass das Patent nichts taugt, wringt die ehemals trockene Gummihose aus und zieht sie an, nass wie sie ist, immerhin besser als Sicherheitsnadeln. Zwingt ihre Füße in wohl gebrauchte Socken und Stiefel. Zu groß – sie reißt eine Zeitung auseinander und formt das Papier zu Sohlen. Die Hose passt einigermaßen, allzu groß kann der Typ nicht sein. Was ist mit dem Oberkörper? Sie erschauert beim Anblick dieses weißen Teiges, der vermutlich ihre Haut ist. Ob sie den groben Islandpulli direkt auf dieser Haut tragen kann? Kein Hemd, kein Unterhemd, nichts vorhanden. Mit einem Brotmesser schneidet sie den Nylonpelz in zwei Teile, ein blutiges, nasses Unter- und ein weniger nasses Oberteil. Den Rest – Anzug, Zubehör, die blutige Unterwäsche – rollt sie zusammen. Aber wohin damit? Schließlich will sie möglichst keine Visitenkarte hinterlassen. Unters Bett? Denkste, dort regiert die Nachhut der Flaschenarmee. In den Küchenschrank? Flaschen und Tassen, verheddarte Angelschnüre, rostige und neue Angelhaken heillos durcheinander. Hm, der Typ scheint wirklich ziemlich chaotisch zu sein – da liegt eine Packung Zwieback.

Mit einem Zwieback im Mund und ihrer früheren sterblichen Hülle unterm Arm geht sie vor die Tür, schließt ab, hängt den Schlüssel auf und schreitet mit schäbiger und übel riechender, aber immerhin neuer Identität die Treppe hinunter. Warum hat er den Schlüssel hinterlegt? Sie glaubt nicht, dass er eine Tante

Alma hat. Seine «Tanten» saßen bestimmt mit geschürzten Lippen hinter gehäkelten Gardinen, wenn er auf seinem Heimweg stets die gesamte Breite der Straße brauchte. Jedenfalls war sie ihm ewig dankbar. Doch wenn er eines Tages steif wie ein Brett daliegen würde, und alle Welt soll ihn beweinen, dürfte der Priester kaum seine Gastfreundschaft und Nächstenliebe erwähnen. Umso mehr würde die Rede vom Alkoholkonsum sein – beklagenswertes, liebes Pfarrkind . . .

Ob sie die Sachen unter der Hütte verstecken soll? Sie geht in die Hocke und muss unwillkürlich lachen, als sie die Gerümpelsammlung sieht. Hier ist das Grab des unbekannten Soldaten, hier liegen Kriegshelden aus aller Welt begraben, heillos durcheinander, Rang und Würde zählen nicht. Hier sind alle gleich.

Hat er all diese Flaschen tatsächlich alleine ausgetrunken? Entweder ist er so alt wie Methusalem und erfreut sich untadeliger Gesundheit oder er hat einen treuen Freundeskreis.

Die Antwort kommt schneller als erwartet. Über staubbedeckte Flaschen hinweg erblickt sie das Tageslicht auf der anderen Seite der Hütte. Und aus dem Tageslicht wächst eine Gestalt hervor. Zuerst der Kopf, dann Schultern, Torso, Schenkel, Beine – ein vollständiger Körper nähert sich torkelnd über einen ziemlich schmalen Pfad. Eine Plastiktüte in der linken Hand, eine in der rechten, es klirrt. Halte die Umwelt sauber. Er tut sein Bestes. Er fällt kein einziges Mal. Er muss aus Gummi sein oder er ist ein Akrobat. Fantastische Szene – was für ein Entertainer. Heidekraut, tückische kleine Unebenheiten, Steine versuchen ihn in die Knie zu zwingen. Pah, Amateure. Er ist der große Meister, die Souveränität in Person. So was hat sie noch nie gesehen. Wie vorsichtig er die Plastiktüten balanciert, als handele es sich um zarte Neugeborene. Er steuert an seiner Behausung vorbei in Richtung Ufer, stellt dort behutsam die Tüten ab, stellt sich breitbeinig in Positur und pisst. Das Wasser spritzt auf, als der lange gelbe Strahl die Oberfläche trifft, und dann – sie hält den Atem an –, dann folgt ein langer, befreiender Furz. Um einen drohenden Lachanfall zu unterdrücken, versucht sie an etwas Trauriges zu denken. Die Jungs – sie richtet ihre Gedanken auf sie und erstarrt im selben Augenblick zu Eis. Der Plastikbeutel! Er liegt drinnen auf dem Tisch, den hat sie vergessen. Lautlos schiebt sie das Kleiderbündel unter die Hütte, bedeckt es mit einem alten Leinensack, blickt wieder zum Ufer. Ein breiter Rücken, eine Rauchwolke sowie eine offene Bierflasche lassen hoffen, dass die Idylle noch eine Weile andauert.

Sie holt tief Luft, schleicht sich in bester Detektivmanier zur Tür, angelt sich den Schlüssel, schließt auf, gleitet hinein, greift nach dem Päckchen, gleitet wieder hinaus, schließt ab, hängt den Schlüssel auf, schleicht sich hinters Haus und atmet auf.

Sie betrachtet das wurstartige Gebilde. Schwer ist es, schwer und ziemlich schmal. Es sieht zugeschweißt aus, an beiden langen Enden mit einer Kordel verschnürt. Ob sie es öffnen soll? Nein, sie kann sich schon vorstellen, was sich darin befindet. Es gibt viele Möglichkeiten, Stoff zu schmuggeln. Warum es wohl an dieser Schärenküste versenkt worden war? Tja, vielleicht waren sie überrascht worden, in eine Polizeikontrolle geraten. Sie wusste gar nicht, dass Drogen in

Pulverform so schwer waren. Mist, irgendetwas stimmt hier nicht. Aber zum Grübeln wird sie noch Zeit genug haben, jetzt gibt es Wichtigeres zu tun, zum Beispiel nach Hause zu kommen, zumindest in Sicherheit, die Polizei informieren, eine Menge Fragen beantworten. Sie verstaut das Plastikteil unterm Pullover und sieht in Richtung Ufer. Dort sitzt er noch immer mit dem Rücken zu ihr, als wäre er den Steinen entwachsen, starrt auf die seichte Wasseroberfläche, öffnet Flasche Nummer zwei, nimmt einen tiefen Schluck und rülpst.

Der Mensch, der die Anhöhe hinaufgeht, gleicht demjenigen, der eben herunterkam. Der einzige Unterschied besteht darin, dass dieser sich einigermaßen zielsicher bewegt und prompt über einen Heidekrauthügel stolpert, vornüber kippt und weich ins Moos fällt. Doch kein Stein am Ufer dreht sich danach um.

8

Die Begegnung mit der Zivilisation vollzog sich ganz allmählich und behutsam. Zuerst in Form eines alten Trampelpfades, der seit undenklichen Zeiten für den Torftransport genutzt wurde. Ausgestochene Moorschichten, getrocknet und zu Diemen zusammengesetzt, geballte Sonnenenergie in trockenem Zustand nach Hause gefahren, Ofennahrung für einen langen Winter. Es galt, die Glut der Frühlingssonne zu erhalten, um den Patriarch Winter zu besänftigen.

Der Weg verlief in unglaublich vielen Kurven und Windungen, kein Wunder, dass der Hüttenbewohner auf seinem Nachhauseweg immer wackliger auf den Beinen geworden war.

Ihre Gedanken konzentrierten sich auf einen Plan, einen überzeugenden, einfachen und durchführbaren Plan. Bald würde sie auf Menschen treffen und dann musste sie eine glaubwürdige Rolle spielen. Hausgemachter Hippie mit Kräuselhaaren, ungeschminkt und allem Etablierten gegenüber kritisch eingestellt? Meine Güte, man würde sie in einen Käfig sperren und Eintritt verlangen. Sie fuhr sich mit beiden Händen durch das nasse, zerzauste Haar und schüttelte sich. Sie würde sich wohl oder übel unter die Dorfjugend mischen müssen, in der Hoffnung, dass diese gastfreundlich und schon feuchtfröhlich auf den Samstagabend eingestimmt wäre. In diesem Zustand stellen die Leute nicht mehr so viele Fragen, ganz zu schweigen davon, wie bereitwillig sie sogar haarsträubende Erklärungen hinnehmen. Hilke hatte schlechte Karten, kein Bargeld vorhanden, aber sie würde es nicht wagen, Blindekuh auf der Møre-&-Romsdal-Fähre zu spielen.

Wie spät war es? Halb sechs. Dann traf sie die meisten sicher noch nüchtern an. Okay, sie würde sich ein bisschen umsehen, vielleicht das eine oder andere improvisieren.

Inzwischen bewegte sie sich annähernd normal, mit etwas gutem Willen. Fröstelte zwar in all diesem nassen und klammen Zeugs, stapfte aber vorwärts wie automatisch auf «steady-go» eingestellt, wenn nötig bis in alle Ewigkeit.

Hilke fand sie am Kai, sechs oder sieben Autos und enge Jeans, an die Motorhaube gelehnt. Bier war angesagt, nur einige, vermutlich die Chauffeure, tranken pflichtbewusst Cola. Ein Motor heulte auf, ein Schiff von Mercedes beschleunigte weit über seine Leistungsfähigkeit, hinterließ verbrannten Gummigeruch und lenkte für einen Moment alle Blicke auf sich.

Noch ein Auto kam dazu, noch mehr Bierflaschen wurden geöffnet, noch ein tiefer Zug Abenteuermischung, bevor die Kippe im Wasser landete. Hämmernde Diskomusik schallte aus einer überdimensionalen Stereoanlage, dann wurde sie plötzlich leiser. Du liebe Zeit, irgendjemand hatte tatsächlich leiser gedreht.

Zwei alte Männer mit Schirmmütze und Wollschal standen da, die Hände in den Hosentaschen vergraben. Sie schienen sich nicht sonderlich um diese jugendlichen Nichtsnutze zu kümmern. Wahrscheinlich diskutierten sie über das Wetter und wer das bessere Barometer besaß.

Ein paar Teenies schwirrten von einem Auto zum anderen und fanden die Welt einfach herrlich.

Sie beobachtete eine Gruppe, die etwas abseits von den anderen stand. Sie lehnten an einem silbermetallic glänzenden Wagen mit Jalousien an der Heckscheibe, Rallyereifen und Tigerfell auf den Sitzen. Zwei männliche, zwei weibliche Wesen. Und ein Neutrum, goldgelbe Perücke über schwarz, blau und rot gescheckten Haar, fransig ins Gesicht gekämmt, die ausladenden Proportionen in knallenge Klamotten gezwängt. Vom bloßen Anblick hätte sie eine Thrombose kriegen können. Aber die Dame war durch und durch Diva, das sah man ihrem Auftreten und den Reaktionen der anderen auf sie an.

Wunderbar, da galt es, sich einzuschmeicheln und als Kontrast zu diesem liebreizenden Geschöpf aufzutreten, als hässliches Entlein, die Arme.

Der Plan ging auf. Sie schenkte der Diva ihre uneingeschränkte Bewunderung, lachte über deren Witze, stellte ihr allerlei Fragen, wurde als Sonderling angesehen und verhielt sich entsprechend.

Irgendeiner pirschte sich an die Neuerscheinung heran, um sie abzuchecken, laberte eine Weile, zog sich aber wieder zurück, als er nicht schlau aus ihr wurde.

Natürlich musste sie mittrinken, hoffte, dass ihr Magen nicht rebellierte. Dann, nach einer lang gezogenen Eröffnungsphase, war der Punkt erreicht: Sie wollten wissen, wer sie war und was sie hier tat. Sie hatte schon einen Bluff auf der Zunge, im Stil von «die Bekannte einer Bekannten . . .», als ihr die Diva zu Hilfe kam. War das vielleicht ihre Familie gewesen, die gestern angereist war und in Peders Haus in Grunnvika logierte? Sie hatte sie mit der Fähre ankommen sehen, so etwa acht bis zehn Leute, o Mann, das mussten doch mindestens zwei Familien sein, oder? Die Diva schnippte mit den Fingern und lächelte siegesgewiss, diesen Lockenkopf hatte sie doch gleich wiedererkannt!

Hilke nickte überwältigt. Sie hatte Lust, die Diva, Peder in Grunnvika, die Familie, die Fähre und den Rest der Welt zu umarmen. Alles war geklärt, das Publikum zufrieden. Nachdem sie noch hinzugefügt hatte, wie genervt sie war, vom Job, von der Familie, war das Thema überstanden. Everything cleared, baby, fasten your seat belts, we're ready for take-off – der leicht errungene Erfolg stimmte sie regelrecht fröhlich.

«Macht mal den Walkie an», sagte einer. «Vielleicht gibt's was Neues vom Unglück draußen.» Hilke erblasste und suchte irgendwo Halt, um nicht zusammenzubrechen. Also war es bekannt. Stimmen knisterten durch den Äther, im Kaffeekränzchen dieser Küste wurde munter drauflosgeklatscht, Meinungen und Theorien wurden ausgetauscht, alle glaubten etwas oder meinten gar, mehr als die anderen zu wissen. Sie schauderte und hielt sich die Ohren zu, um das Meer und die Tiefe dort draußen auszusperren. Weg mit den Händen, führ dich nicht auf wie eine Idiotin, niemand bringt dich mit dem, was passiert ist, in Verbindung – reiß dich zusammen! Sie hatte Lust zu kotzen. Jemand zischte: «Hört mal, der Polizeichef!» Eine dienstlich klingende Stimme berichtete, dass von Tauchern soeben ein 2x7-Liter-Flaschenset gefunden worden sei, in etwa 20 Meter Tiefe und etwa 35 Meter vom eigentlichen Fundort entfernt. Die Gürtelschnalle war geöffnet, aber keine Spur von einem dazugehörigen Taucher. Der Vogel war ausgeflogen.

Was meinten die mit «eigentlichem Fundort»? Den Bleigurt? Die anderen vielleicht? Die Taucher waren noch immer im Einsatz, suchten systematisch den Meeresgrund ab. Die Operation wurde ordnungsgemäß durchgeführt unter dem Kommando eines Herrn Berufstaucher und ehemaligen Marinesoldaten, der seine Befehle von der Polizeibehörde Øygaren erhielt, deren Vorgesetzter der Polizeichef des besagten Bezirks war.

Aber es waren ihre Freunde, ihre Klubkameraden, die sich, mit Blei und Sauerstoffflaschen bewaffnet, durch die Tangwälder kämpften und nach Leichen suchten. Leichen, mit denen sie gefeiert, zusammengearbeitet, gestritten, ihre Freizeit verbracht hatten! Plötzlich verspürte sie einen ungeheuren Druck, als würde ihr Körper jeden Moment in tausend Stücke zerplatzen, sie taumelte hinaus auf die Kaimauer, balancierte mit betrunkenem Lachen am Rand entlang, bis das Unausweichliche geschah und sie ins Wasser plumpste. Merkwürdig, sehr merkwürdig. Der Druck in ihr ließ nach, die Explosion blieb aus. Sie hatte ihnen Gesprächsstoff geliefert, aber egal.

Doch dann kam der Schmerz. Ein entsetzlicher, brennender Schmerz kroch über ihren wunden Körper. Hilke schleppte sich zu einem der Pfähle, wo man ihr Hände und allerlei gut gemeinte Ratschläge entgegenstreckte. Die Rettungsmannschaft stand parat, hier gab es Gelegenheit, männlichen Mut zu beweisen, trink, mein Freund. Sie befand sich noch nicht ganz im Trockenen, als ihr schon irgendeine klare Flüssigkeit eingeflößt wurde. Jetzt brannte es innen wie außen. Willenlos sank sie zu Boden und versuchte, die Gedanken auszuschalten.

«Du musst was anderes anziehen», sagte jemand. «Du brauchst dringend trockene Sachen, bevor du dich totfrierst.»

Glatte Übertreibung. Sie würde sich nicht zu Tode frieren, sondern zu Tode brennen. Salzwasser auf hautlosem Fleisch, Blut und Dreck, und zu allem Elend war sie völlig durchnässt und kämpfte gegen den beginnenden Suff an.

Sie versuchte ihnen klar zu machen, dass sie nicht «nach Hause» wollte. Würden sie an ihrer Stelle, in ihrem Zustand, nass und besoffen nach Hause wollen und die Familie in helle Aufregung versetzen? Nein, aber ... Alle wollten helfen, keiner wusste wie. Die meisten dachten an das Tigerfell im Auto als letzten Ausweg und zogen sich diskret zurück.

Da war die Diva wieder zur Stelle. Sie rauschte herbei, meckerte alle an und übernahm das Ruder. Sie war richtig in ihrem Element, ein dramatisches Bühnentalent im Einsatz. Hilke wartete ab, gespannt auf das Ergebnis. Als die Show vorüber war, stand die Dame wieder mal als lebender Rettungsring vor ihr. Nicht nur Titten und Schenkel schwollen an, auch das Herz war rot und geschwollen. Sie, Hilke, gesalzene Frau, war eingeladen, nein, kommandiert nach Hause zu Florence Nightingale. «Zu Hause» war das Sozialwohnungsgebäude gleich dort drüben, ein Zimmer mit Küchenzeile und Schräge unterm Dach, Klo und Waschbecken oben, die Dusche im Keller, zwischen Gefriertruhe und Vorratsraum. «Aber beeil dich, bevor die Fähre kommt. Die Leute sind immer so neugierig.»

Hilke blickte auf und sah sehnsüchtig dem Schiff entgegen, das über den Fjord heranglitt. Der Zutritt würde ihr verwehrt bleiben, da sie kein Geld besaß. Mit einem Seufzer rappelte sie sich hoch und folgte mutlos und zerzaust ihrer Herrin.

9

Die Diva hieß Nelly, Nelly Moe. Drei Treppen rauf, mit Handtuch und Seife im rosa Bademantel wieder runter. «Ich such dir ein paar Klamotten raus, wenn du fertig bist, okay?» Okay, alles war okay, sie freute sich wie eine Verrückte darauf, unter fließend warmem Wasser zu stehen.

Der Kellergang war schmal und kalt, in der Dusche blätterte der Putz von den Wänden und es roch nach öffentlicher Badeanstalt, aber Hauptsache, die Tür hatte einen Haken zum Verriegeln und der Wasserdruck war ausreichend. Sie lauschte, hörte mindestens zwei Paar Beine die Treppe hinauftrampeln, bevor sie sich in voller Montur selig lächelnd unter die Brause stellte. Doch in der Leitung war Luft, es krachte und bubberte wie ein gedämpftes Maschinengewehr. Sie drehte auf und zu, erreichte einen vorläufigen Waffenstillstand und begann äußerst vorsichtig, sich ihrer Kleidung zu entledigen.

Ob man solche Stellen einseifen durfte? Die Seife brannte wie Salz in einer offenen Wunde, sie stöhnte und betrachtete sich. Enthäutet und geschwollen, blaue und gelbe Blutergüsse, flammrotes Fleisch vom Schritt abwärts. Sie sah aus wie die Pest. Eine Mischung aus Angst, Eitelkeit, Wut und anderen Gefühlen brachte sie zum Weinen, ein stilles und kontrolliertes Weinen.

Es klopfte an der Tür. Sie schrak aus ihrem Selbstmitleid auf, versteckte die Plastikwurst unter dem Kleiderhaufen. Es klopfte noch einmal.

«Soll ich dir den Rücken waschen?»

Hilke lauschte verblüfft. Da draußen stand ein vollendeter Casanova und bat um Einlass für ein leicht verdientes Liebesabenteuer. Sie hatte keine Lust zu antworten, wollte ihn möglichst nicht vor den Kopf stoßen. Leider deutete er ihr Schweigen als stilles Einverständnis und begann zu erzählen, wie schön sie es zusammen haben würden, wenn sie nur die Tür auf-

machte. Es klang wie ein Ausschnitt aus der Kontakt-
anzeige eines Pornohefts. Verdammter Dreckskerl.

«Verschwinde», sagte sie. «Hau ab.»

Der Casanova begriff nicht. Er rüttelte an der Klinke
und der mickrige Riegel stand auf Spannung.

Was nun? Denk schnell nach! Kühl ihn ab, bring
seine glühende Pracht zum Welken wie Laub im Okto-
ber. Aber wie? Mit kaltem Wasser? Nein, für diesen
Zweck müsste sie die Tür öffnen und die hält dem
Druck von außen eh nicht mehr lange stand. Sie ent-
schied sich, ihr Mundwerk als Waffe einzusetzen. Rief
sich die schlimmsten, gröbsten und perversesten Aus-
drücke ins Gedächtnis und schleuderte sie ihm durch
die Tür entgegen. Es war verbale Kastration, gründlich
und gnadenlos.

Tiefes Schweigen. Dann folgte ein kaum hörbares,
kleinlautes «Scheiße». Die alte Holztreppe knarrte unter der Last, als er nach oben zu den anderen ging, um
sich wieder zum Mann zu trinken.

Die Treppe knarrte auch unter Hilkes Last, als sie
sich mit dem Bündel unterm Arm nach oben in Nellys
«Badezimmer» schlich. Eine weiße Kloschüssel, innen
braun vom Moorwasser, ein Waschtisch mit Spiegel
und hoffnungslos überladenen Ablagen und Haken.
Ein Gemisch intensiver, undefinierbarer Gerüche lag in
der Luft. Sie ließ ihren Blick über Wände und Regale
gleiten – Tampons! Vorsichtig führte sie einen ein. Jetzt
würde sie jedenfalls für eine Weile dicht halten.

Nelly hatte eine Schränkeaufräumaktion hinter sich.
Sie rauschte mit einer Ausbeute herein, die größer war,
als sich die Heilsarmee von einer vorweihnachtlichen

Sammlung erhoffen würde. Im Nu war das Zimmer mit Klamotten übersät. Sachen, die alle ihre besondere Geschichte hatten. Guck mal hier und hier! Ihre Wirtin redete wie ein Wasserfall. Hilke legte den Bademantel um, sank auf den Klodeckel nieder und ergab sich dem Wortschwall. Sie wurde in Verliebtsein und Treueschwüre eingeweiht, in drei kleine Worte und Herz und Schmerz, tiefe Verehrung und Anbetung – aber seine Mutter war eine Hexe –, in Saufereien und deren Folgen – und meine Mutter, die ein Engel ist –, ein Kirchenengel, nicht ansprechbar, und in den Traum von Stewardess und Friseuse und das beschissene Ende als Verkäuferin. Das unterdrückte Schluchzen ging schließlich in hemmungsloses Weinen über. Hilke ging zu ihr und versuchte zu trösten. Legte ihr die Hände auf die Schultern und drückte sie sanft, es war, als tröste sie sich selbst. Sie fand keine tröstenden Worte, die zwei saßen nur da, hilflos. Inmitten eines Kleiderhaufens, der die Melodie der Erinnerungen spielte.

10

Wenn sich Phönix aus der Asche erheben kann, wird das ein weniger berühmter Vogel wohl auch schaffen. In den unauffälligsten und neutralsten Gewändern, die sie finden konnte, betritt Hilke wieder die Welt. Gut eingeschmiert mit Cremes und Lotionen, das Gesicht unter ein paar Farbklecksen und Strichen versteckt. Und mit einem ganzen Arsenal Tampons in der Tasche. Der verhinderte Verführer sitzt in einer Ecke und trinkt mit sich selbst um die Wette. Er sieht sie an, nennt sie «verdammtes Luder» und trinkt weiter. Klar doch, das ist eine ewige Wahrheit: Kriegt der Mann die Frau nicht dazu, die Beine breit zu machen, ist sie ein Luder. Hilke zuckt mit den Schultern, sie fühlt sich gut.

Es wird getrunken. In der Küche arbeitet sie sich zu einem Laib Brot vor, dazu gibt es Käse, Schokoladenaufstrich, Milch und Kaffee. Die Welt ist in Ordnung.

Noch mehr Leute kommen trampelnd die Treppe herauf, dichter Rauch hängt unter der Zimmerdecke, Gläser werden geleert, Körper gefüllt. Egal ob an diesem, am letzten oder am nächsten Samstag – die Jugendlichen langweilen sich, jedes Mal, immer wieder aufs Neue. Wahnsinnig aufregend sollte er eigentlich sein, der Samstagabend, ein einziges Fest. Einige sind noch sehr jung und voller Eifer, andere älter und eher schlaff. Die mittendrin sind nichts außer voll. Sie machen mit, weil die Alternativen noch inhaltsloser sind. Durch den Qualm und die Fensterscheibe hindurch sieht sie die Fähre kommen und gehen. Sie ist früher schon mal hier gewesen, weiß sogar ganz gut Bescheid über die Insel, doch damals hatte sie Geld und ein normales Leben.

Sie hätte sich nicht schminken sollen, offenbar sieht sie unwiderstehlich aus. Der Typ neben ihr versucht ständig, sie anzutatschen. Körperkontakt ist sehr ungünstig momentan, es tut weh. Schlimmer noch ist der Plastikring, der sich wie lästiger Altersspeck unter dem Pullover wölbt.

Irgendjemand redet dauernd von dem Unglück draußen auf See. Gibt Nachrichten aus Lokalradio und Norwegischem Rundfunk wieder. Es scheint sie zu beschäftigen, ein willkommenes Gesprächsthema mitten in all der Langeweile. Ab und an tut Hilke, als müsse sie aufs Klo und zieht sich auf den Speicher zurück, setzt sich auf den staubigen Holzboden und lehnt den Kopf gegen die Scheibe der Dachluke. Da draußen ist die Welt, da ist die Fortsetzung. Dorthin muss sie. Früher oder später muss sie rüber mit dieser Fähre, rüber und den Bus nehmen oder nach Hause trampen. Zur Polizei gehen und hinter dicken Mauern beschützt werden. Einen Albtraum erzählen und den Beweis vorbringen. Es muss ein Zusammenhang bestehen zwischen diesem Päckchen und dem, was passiert ist, daran zweifelt sie keinen Augenblick.

Sie hatten etwas entdeckt, was nicht entdeckt werden sollte, was so wertvoll war, dass man, um es zu besitzen und sein Geheimnis zu wahren, über Leichen ging. Drogen? Es ist ziemlich schwer. Wiegt Stoff denn so viel? Goldmünzen? Ein neuer Runde-Fund? Auch das war unwahrscheinlich. Der Runde-Schatz – wog der nicht zirka 740 Kilo und wurde auf ungefähr 10 Millionen geschätzt, nach offizieller Rechnung? Bei etwa 7 Kilo, die sie am Körper trägt, macht das 100000. Wurden Profis wegen so einer lächerlichen Summe zu dreifachen Mördern? Kaum vorstellbar.

Heute ist Samstag, also erscheinen morgen keine Zeitungen. Ob die Presse schon am Montag Namen und Adressen vermisster Personen veröffentlicht? Doch, bestimmt. Montag, also hat sie nur bis Montag Zeit. Die Lokalblätter dieser Gegend werden Name, Adresse, besondere Kennzeichen und Konterfei in den dicksten Lettern auf der Titelseite bringen. Mit Diskretion ist nicht zu rechnen. Die Fähre. Sie muss sich Geld leihen, die Fähre nehmen und sehen, dass sie nach Hause kommt, man muss das Eisen schmieden, solange es heiß ist.

Die Fähre legt gerade an, ihr hydraulisches Maul öffnet sich und spuckt vier oder fünf Autos aus. Ein Verlustgeschäft. Wie lange dauert die Fahrt über den Fjord hier? Zehn Minuten? Eine Viertelstunde?

Sie ist so müde. Müde, schlapp und schwer. Geh jetzt wieder rein, Hilke, du warst lange genug mit deinen Gedanken alleine, geh rein und sei gut gelaunt und aufgekratzt. Aber sie rührt sich nicht. Bleibt reglos stehen, mit einem ungläubigen Ausdruck im Gesicht. Ein Boot kommt hinter der Landzunge hervor, mit Kurs auf den Kai. Dieses Boot hat sie schon mal gesehen. Es legt an, ein Mann springt heraus, geht zielsicher auf die Fähre zu, spricht den Kontrolleur an. Dieser sieht auf die Uhr, nickt, hört zu und schüttelt schließlich den Kopf. Kurzes Gelächter schließt das Gespräch ab und der Mann zieht sich zurück. Der Kontrolleur weist wartende Autos in die Fähre ein. Der Fremde sieht sich jedes Auto genau an. Der letzte Bus in Richtung Stadt wartet im Leerlauf. Der Mann springt vorne hinein, sagt etwas zum Fahrer, geht durch den Bus und steigt hinten wieder aus. Der Bus fährt an Bord, die Sperre wird angehoben, die Fähre läuft rückwärts aus und gleitet fort. Zu spät, Herrgott, eine Fähre zu spät. Sie schluckt schwer, als ob sie einen Kloß im Hals hätte. Die Verzweiflung windet sich wie eine Schlange aus Stahl durch ihren Schlund und in den Verdauungstrakt. Sie stürzt zum Klo, gerade noch rechtzeitig.

Bevor sie wieder hineingeht, schleicht sie noch einmal zur Dachluke. Das Boot hat inzwischen an der Auftankstelle angelegt. Dort liegt es geschützter. Sie entdeckt zwei Gestalten zwischen den Bootshäusern am Kai. Da sind sie – der Krumme 1 und der Krumme 2, Wachhunde und Mörder. Warum? Eine einfache Rechenaufgabe. Sie ist noch nicht gefunden worden. Wird sie da draußen gefunden, dann nur als Leiche. Wird sie dagegen da draußen nicht gefunden, dann kann sie am Leben sein. Ist sie am Leben, dann will sie nach Hause. Nach Hause kommt sie entweder per Boot oder mit öffentlichen Verkehrsmitteln. Als Letzteres kommt nur die Fähre in Frage. Also kontrollieren sie den Fähr- und Bootsverkehr. Eiskalte, gewiefte Fischer! Von jähem Zorn gepackt, beißt sie die Zähne aufeinander. Katz und Maus. Die ganze Sache ist krank, einfach nur krank. So etwas passiert nicht. Nicht hier, in dieser Umgebung, zwischen Kirche und Sumpf. Sie will nicht mehr. Sie geht auf der Stelle zum örtlichen Polizeibeamten und . . . ja, was und? Der Polizeivorsteher ist in Utvær und der untergeordnete Beamte auf der Wache und legt Patiencen und garantiert ist dort auch irgendein Wachhund vor der Tür postiert. Völlig fertig taucht sie wieder in den Qualm ein.

11

Sie gingen auf eine öffentliche Fete, in einer Scheußlichkeit von Gebäude mit dem viel versprechenden Namen «Weitblick». Der Name war alles andere als passend für den Menschenschwarm, der dort über Parkett und Bänke fegte. Hilke wollte nicht tanzen, wollte nicht knutschen, wollte gar nichts. Das Ganze ging ihr zunehmend auf die Nerven. Jeder tatschte an jedem herum. Sie befand sich in einem Gefängnis, umzingelt von westnorwegischer Festkultur. Arme und Beine, Torkeln und Stampfen, Nuscheln und verlaufende Wimperntusche. Dezibel explodierten von der Bühne herab, Dezibel in harten, hämmernden Rhythmen. Trommelfell und Selbstkontrolle werden durchbohrt. Ein Mini-Ragnarök. Der Durst regiert. Ein eingebildeter Durst in kleinen Männer- und Frauenkörpern. Sie brauchen den Durst, um in Fahrt zu kommen, um miteinander, aufeinander abfahren zu können. Hier und jetzt, Körpergenuss sofort. Die armen Seelen bleiben auf der Strecke und schauen von den Wänden auf das Spektakel herab. Dort können sie bis Montag bleiben – dann holen wir sie eilig runter.

Hilke trank. Trank, bis es kalt wurde um den Mund herum. Das war die Grenze – bis hierhin und nicht weiter. Sonst wird dir todschlecht. Der Alkohol betäubte das schlimmste Kribbeln in den wirren Nervenbahnen und löste den Hinterkopf in eine träge, glucksende Substanz auf. Jede einzelne Pissameise da drinnen ersoff langsam in dickflüssiger Gehirnsuppe. Gut so. Ganz ausgezeichnet.

Um ein Uhr war die Fete vorbei. Um zwei rollte eine Autokolonne über die Insel. Um drei unternahmen sie etwas ungemein Lustiges: ein Wettpissen ins Meer. Um vier krachten sie gegen eine Gebäudemauer. Zwei Minuten später verschwand Hilke in der Dunkelheit. Zehn Minuten nach vier tauchte sie unten am Jachthafen wieder auf. Viertel nach vier ging ein Boot mit Mühe und Not von Land. Ruder, «Handmixer» und Benzin an Bord.

Um halb fünf hatte sie vom Rudern Blasen an den Händen. Die Ruder sind wie verhext, spielen Riesenrad, jedes in seine Richtung, alles läuft schief. Sie manövriert ihren Körper in den hinteren Teil des Bootes, schnappt sich den Treibstoffkanister, leert ihn sowohl in den Motor als auch ins Boot, zieht am Startkabel und erntet ein ächzendes Geräusch. Noch mal – wieder nur Ächzen. Ein letzter Versuch – null Reaktion. Sie setzt sich hin und versucht, eventuell vorhandenes vorväterliches Erbe an technischem Wissen zu aktivieren. Na klar, die Luftzufuhr. Voll aufdrehen, am Kabel ziehen und schon wiehern 3,5 freigelassene Fjordpferde. Jede Menge Lärm und wenig Fahrt. Sie dämpft auf gemütliches Blubbern und peilt die Nacht an.

Bald hat der Nachtwind die Promille weggeblasen und übrig bleibt Hilke mit Heißhunger und Kater. Der Ameisenhaufen wird wieder lebendig, der Kopf ist wie eingetrocknet.

Der Wind weht mäßig stark, die Lichter an Land verblassen allmählich. Das bedeutet, die Dämmerung naht. Wartet noch, ihr Irrlichter, ich möchte so gerne hinüber, noch während es dunkel ist. Der Fjord ist länger, als sie geglaubt hatte. Langsam taucht Land vor ihr auf, sie entdeckt einen Anlegeplatz, Bootshäuser, und steuert das Boot zwischen zwei niedrigen Bergkuppen ans Ufer. Die Holzplanken knarren. Sie ist gelandet.

Verfolger? Sie schafft es nicht, sich umzuwenden,

weder Körper noch Gedanken sind drehbar, sie ist auf geradeaus programmiert.

Sie ist in einer «Wir-sind-alle-eine-große-Familie-Bucht» gelandet, keins der Bootshäuser scheint verschlossen zu sein. Grau und stumm ragen sie hervor, Seite an Seite, wie vor Urzeiten aus der Erde gewachsen. Diese Bootshäuser müssen das Erste gewesen sein, was nach dem Rückzug der Gletscher entstand. Sie schleppt sich in eins dieser Methusalems, stolpert über Tauwerk, Krabbenreusen, Fangnetze. Und einen Anker. Wo ist das dazugehörige Boot? Kein Boot, nur jede Menge maritimes Zeug, überall verstreut.

In einer Ecke liegt eine Plane, sie rollt sich darauf zusammen, registriert, dass es noch viel zu früh für einen Trampversuch ist. Spürt gleichzeitig, dass die Alkoholwärme den Körper endgültig verlassen hat und nun tiefer Winter Einzug hält. Sie friert wie ein Hund, fühlt sich fiebrig. Hier einzuschlafen wäre der pure Wahnsinn, der Herbstmorgen ist beißend kalt. Es ist, als überziehe er sie mit seinem feuchten Atem. Diese Gewänder vermochten Nelly nicht zu wärmen – und sie auch nicht. Null-null. Unentschieden.

Sie deckt sich mit einem Zipfel der Plane zu und hofft inständig einzuschlafen. Bittet das Sandmännchen um Barmherzigkeit. Fordert es zum Tanz auf, doch das flachsblonde Nachthemdgespenst will nichts mit ihr zu tun haben. Es weicht aus. Sie wird sauer. Was bildet er sich ein, dieser Einschläfer der Nation? Siebt er seine Kunden etwa? Aber sie hat von den Schwestern Pankhurst gelernt, entreißt ihm den Sternenschirm, haut ihm damit ein paar Mal auf den Kopf – und schon gibt er auf. Schmollend. Er lullt sie widerwillig in Schlaf ein, rächt sich jedoch mit Durchzug am Himmel, der Teufel.

Und sie friert. In Embryostellung liegt sie da und zittert.

Die ersten Sonnenstrahlen, die über den Berg lugen, kündigen einen schönen Tag an, aber sie kriegen schnell was auf die Finger vom Normalwetter und verschwinden hinter einem grauen Wolkenschleier.

Dem Star ist das Wetter einerlei. Er tiriliert jeden Morgen, die anderen Vögel schließen sich an. Am Schluss sind es genug für eine Chartertour gen Süden. Mit überschäumender Laune stürzen sie sich Jahr für Jahr in den gleichen Wahnsinn. Die Menschen wenden sich wehmütig ab. Verstohlen fühlen sie mit der Hand nach, ob ihnen nicht Flügel auf dem Rücken gewachsen sind, überprüfen Kontostand und Tjæreborg-Tarife, suchen nach längst nicht mehr vorhandenen Urlaubstagen, verwerfen den verlockenden Traum des Reiseprospekts zugunsten der Herbstausgabe des Volkshochschulprogramms. Das nennt man Kompensation. Porzellanmalen vor und Buchhaltung nach Weihnachten, nur unterbrochen von einem vierzehntägigen Fressgelage. Doch die Vögel fliegen ihren Weg, die Sehnsucht der Menschen nach Sonne nehmen sie mit und die Farben der Laubbäume. Die Vögel lassen sich von dieser glühenden Pracht nicht täuschen. Und die Bäume an diesem Hang stehen wirklich in Flammen. Wie gemalt sehen sie aus, wie sie dort in Reih und Glied nebeneinander stehen, Konkurrenten in Gold- und Rottönen.

Grauer Himmel, graues Meer, graue Bootshäuser, flammende Wälder – die Komposition ist vollkommen.

Dieser Anblick ist kostenlos für jedermann, auch für Hilke, die müde durch eine spärliche Holzverkleidung späht.

Sie hat sich aus ihrem frostigen Schlaf wach gerüttelt, fantasiert von warmen Öfen und glühheißem Kaffee, massiert Arme und Beine. Sie lässt eine Hand über den «Gürtel» gleiten, zieht den Pullover hoch und macht den Knoten auf. Jetzt wird dieses Teufelsding seziert, jetzt will sie endlich wissen, warum sie gejagt wird wie ein wildes Tier. Sie krempelt eins von Nellys Hosenbeinen hoch und zieht das Tauchermesser aus seiner Halterung. Blanker Stahl, meist in Gebrauch, um Plattfische aufzuspießen und Muscheln zu öffnen. Einmal hat sie es wirklich gebraucht, es hat womöglich Leben gerettet. Ansonsten ist es eher schmückendes Beiwerk. Sie wiegt es in der Hand – normal schwer und normal teuer, nichts Besonderes. Das Besondere liegt allein in der Tatsache, dass es sich um eine Waffe handelt, die dem Besitzer ein Stück Selbstbewusstsein gibt. Herrgott, dann ist sie also genauso leicht zu täuschen wie alle Soldaten dieser Welt. Ein wenig beschämt nimmt sie das weiße Plastikding in die Hand, bleibt einen Moment lang still sitzen und horcht. Ja, sie hat richtig gehört. Da naht der Bootshausbesitzer auf seinem allsonntäglichen Erkundungsgang. Unanständig früh auf. So ein Mist aber auch. Das Plastik landet unter der Plane. Draußen sind Schritte zu hören, die Tür geht auf, eine Gestalt füllt den gesamten Türrahmen aus. Und Hilke weiß, weiß mit jeder Faser ihres geschundenen Körpers: Ich bin erledigt. Erledigt. Voll und ganz. Dem Wolfsrachen ausgeliefert. Das hier ist kein Bootshausbesitzer, nein, hier kommen die Lustmörder, jetzt haben sie sie.

Ihr Herz fängt wie wild an zu rasen, bitte nicht, bitte nicht! Ich will nicht sterben!

Krampfhaft hält sie das Messer fest, die Gestalt bleibt abwartend stehen. Steht da und gewöhnt die Augen an das Halbdunkel drinnen. Ein leises Pfeifen, und Nummer zwei erscheint in der Tür. Tötungsmaschinen. Das Lachen, als sie sie entdecken, ein helles, verzerrtes Gelächter. Galgen. Weiße Zähne drängen auf sie zu, kommen immer näher, gehen auseinander.

Die Knöchel an ihrer Hand treten weiß hervor. Plötzlich ein Tritt und das Messer klirrt gegen die Wand. Breitbeinig stehen sie über ihr, sie wartet auf den nächsten Tritt, bleibt zusammengekrümmt sitzen und wartet ab. Nichts passiert, sie stehen nur da und genießen die Situation. Sie schafft es nicht, ihnen ins Gesicht zu sehen, starrt wie gebannt auf Lederstiefel und Jeans. Wie viel Schmerz muss sie erleiden, bevor sie sterben darf? Vor dem Schmerz hat sie Angst, nicht vor dem Tod.

«Einsamer Ort», sagt eine Stimme. Pause. «Deine Freunde haben Angst um dich», fährt die Stimme fort. «Sie haben uns gefragt, ob wir unten am Kai eine halb besoffene Frau gesehen haben.»

Die Stimme ist leise und sanft. Sie kennt solche Stimmen. Samtpfoten, die ihr Spiel mit der Beute treiben, bis plötzlich die Krallen hervorschießen, scharfe, nadelspitze Krallen.

«Die haben uns neugierig gemacht. Ihr wart bestimmt keine Jugendfreunde.»

Sie fasst die Nachricht richtig auf.

«Wer hat dir geholfen, von Utvær wegzukommen?»

Herr im Himmel, ob es überhaupt Sinn hat zu antworten? Sie werden glauben, sie wolle sie verarschen. Hilke schweigt.

»Nutte! Du verdammte Nutte!«

Ein Tritt in die Seite und Hilke sinkt japsend zusammen. Eine Hand greift in ihre Haare, zieht sie daran hoch und schlägt ihr ins Gesicht. Sie wird zu Boden geschleudert, ein Absatz platziert sich an ihrer Kehle, lieber Gott, werden sie sie so zertreten?

«Wo ist der Beutel?»

Die Stimme ist wieder samtweich. Der Druck an ihrer Kehle wird stärker, fester und fester. Dann verschwindet der Absatz. Die Frage wird wiederholt, noch sanfter als zuvor.

Sie fasst sich an die Kehle, das Gehirn arbeitet langsam, allzu langsam. Sie muss Zeit gewinnen!

Hustend richtet sie sich auf, hüstelt und räuspert sich, wagt nicht, sie noch länger hinzuhalten und sagt: «Ich habe ihn nicht.»

Ein Fuß schießt in ihre Richtung und stoppt genau vor ihrem Gesicht. Ledergeruch steigt ihr in die Nase.

»Ich hab gefragt, wo er ist.» Das Schnurren ist in Knurren übergegangen.

»Er ist, er ist . . . ich hab ihn im Bus liegen lassen!«

Genau, sie hat es ganz klar vor Augen, ganz hinten unter einem Sitz hatte sie das Paket deponiert.

Sie bemerkt, dass Blicke gewechselt werden.

Plötzlich sprudeln die Worte aus ihr hervor: Der letzte Bus von Øygaren gestern Abend, hinterster Sitz, sie hatte sie gesehen und war getürmt, der Bus fuhr in die Stadt, steht dort in der Garage bis . . . sicher bis heute Nachmittag, unter den Sitzen wird heute bestimmt nicht mehr sauber gemacht, ihr werdet es dort finden.

67

Der Wortschwall wird jäh unterbrochen, sie ringt wieder nach Luft und sackt zusammen.

«Wer hat dir geholfen, von Utvær wegzukommen? Antworte, verdammt noch mal!»

Und sie antwortet. Steht neben sich und erzählt von der Frau, die sich an Land kämpfte. Sie werden sauer, sie wollen keine Geschichten, sie wollen facts. Und sie beherrschen die Kunst des Verhörs, stellen detaillierte Fragen, auf die sie detaillierte Antworten erwarten. Schließlich scheinen sie überzeugt, sie blufft nicht. Die ist echt an Land geschwommen und niemand weiß, wer oder wo sie ist. Perfekt.

Sie besprechen sich, leise, und unverständliche Wortfetzen dringen an ihr Ohr. Das ist kein Norwegisch. Na und? Was bedeutet es schon für sie, ob sie norwegisch, hebräisch, Mondsprache oder was auch immer sprechen? Nichts ist mehr von Bedeutung.

Sie überlegen, wie sie sie am besten loswerden können. Sicher und ohne Spuren zu hinterlassen.

Macht schnell! Die Stimme wechselt zu Norwegisch über, sie ist gemeint, sie wird in den Plan eingeweiht. Und nichts wird schnell über die Bühne gehen. Die Schmerzen werden eine Ewigkeit dauern.

Sie soll zurück zum Meer. Dort wird man ihr Taucherkleidung anziehen und man wird sie mit dem Beiboot zu ihrem Schiff bringen, für eventuelle neugierige Blicke als Taucher auf Vergnügungsfahrt getarnt. Sie wird ihre Klamotten wiederbekommen, ihren Diskoaufzug, und dann wird man sie ins Wasser befördern, wo einer von ihnen ein bisschen mit ihr spielen wird. Die Diagnose wird «Tod durch Ertrinken» lauten, falls überhaupt irgendwann irgendjemand dazu kommt, eine Diagnose zu stellen.

Sie sind gründlich und ausführlich, alle beteiligten Personen haben ein Recht auf vollständige Information.

Der Fjord ist übersät mit kleinen Holmen, die Deckung bieten. Die Ufer sind dünn besiedelt, es ist Sonntag und sehr früh, alles ist bereit für den letzten Akt, der Vorhang fällt ohne einen einzigen Zuschauer.

Sie werden sich Zeit lassen, weil sie glauben, dass sie die Wahrheit sagt, über die Busfahrt, den letzten Sitz, den Beutel, die Nachmittagsroute. Es kostet sie nur ein paar Minuten, danach in die Stadt zu fahren. So ähnlich sieht ihre Rechnung aus. Sie haben viel Zeit.

Sie sprechen irgendetwas ab, ein paar wohl bekannte, mit Jeans bekleidete Beine drehen sich auf dem Absatz um und gehen zur Tür. Jetzt wird das Totenkleid geholt. Sie wimmert vor Angst. An der Tür stoppen die Lederstiefel, verharren eine Sekunde, drehen sich ruhig, beängstigend langsam um. Hilke zwingt sich, den Kopf zu heben, sie muss diesem Henker ins Gesicht sehen. Bevor ihr Blick bis zu seinem Gesicht vordringt, versteht sie mit jahrtausendealter Weisheit, was passieren wird. Die Haltung ist die des Siegers, des Herrn über Leben und Tod. Der mit roher Gewalt das Gesetz auf seine Seite gebracht hat, der gemordet, geplündert, vergewaltigt und vernichtet hat, die ganze Menschheitsgeschichte hindurch. Der an einem eisigen Westlandmorgen in diesem Bootshaus steht. Breitbeinig und seiner Männlichkeit bewusst. Nun wird die heilige Männerwaffe in Gebrauch genommen, nun wird die Frau richtig durch den Dreck gezogen, ihrer Würde beraubt und als Abfalleimer benutzt. Mann wird ihr den letzten

Rest an Selbstwertgefühl nehmen. Sie wird sich gegen sich selbst richten. Sie wird vergewaltigt werden.

Hilke hat aufgehört zu wimmern. Sie kennt seine Gedanken, sein Motiv. Sie weiß, dass er es Lust nennt, Sexualtrieb. Von seinem pockennarbigen Schädel geht nur ein Signal aus – Geilheit.

Sie ist nicht mehr ohnmächtig vor Angst. Sie ist kalt. Sie verlässt ihren Körper, schwebt zur Decke und wird zur Beobachterin. Völlig unbeteiligt betrachtet sie die drei Menschen da unten. Eine Henne und zwei Hähne, Akteure in einem abgekarteten Spiel mit vorab entschiedenem Ausgang. Wetten überflüssig. Sie hört, wie er sich mit Worten aufgeilt, sieht, wie Kleidungsstücke hastig heruntergerissen werden, eine Frauenhand, die hastig einen Tampon herauszieht. Sie sieht, wie sich ein Mann zu einem Tier verwandelt, einem lächerlichen, schnaufenden Tier, sie sieht ein weißes, unbewegtes Frauengesicht mit Augen, die in eine Leere aus Hass und Abscheu starren, sie sieht den Mann wie ein winselndes Kind zusammenfallen, für den Bruchteil einer Sekunde ist er total wehrlos, verletzbar bis ins Innerste seiner Seele – falls er so etwas besitzt. Und mitten in diesem Aufblitzen begreift der Mann die Wahrheit: dass die Stärke seines Geschlechts eine Illusion ist, dass er sich selbst vergewaltigt hat. Rollentausch, Gott weiß, zum wie vielten Mal. Egal wie stark er ist, wie mächtig und wie brutal, niemals, nie wird es einem Mann gelingen, das weibliche Geschlecht zu schwächen, indem er eine Frau zwingt, die Beine breit zu machen. Er selbst wird aus der Bahn geschleudert, er ist es, der die Kontrolle verliert, niemals die Frau.

Sie sieht die Wut in seinen Augen, als er entdeckt,

dass das, was er in seinem grenzenlosen, eitlen Wahn für Geilheit hielt, braunrotes, süßlichverschmiertes Menstruationsblut war. Fluchend wischt er sich an ihrer Kleidung ab.

«Bedien dich», sagt er, als er sich die Hose zumacht, und diesmal geht er, ohne an der Tür anzuhalten. Aber der andere will sich anscheinend gar nicht bedienen. Er sitzt gegen die Wand gelehnt, angelt nach einer Schachtel Zigaretten, klopft eine heraus, schnappt sich ein Feuerzeug, zündet die Zigarette an und inhaliert.

Hilke registriert jedes Detail, während sie versucht, Slip und Hose wieder anzuziehen. Sie verspürt einen pochenden, höllisch brennenden Schmerz an der Innenseite ihrer Schenkel. Sie beißt die Zähne zusammen, um nicht laut loszuheulen.

Der Mann betrachtet sie durch einen Rauchschleier, verfolgt jede ihrer Bewegungen, ein routinierter Wachhund. Plötzlich fasst er sich mit einer Hand an den Hosenschlitz, reibt sich, fletscht die Zähne und zieht den Reißverschluss auf. Ein Messer klappt auf, er winkt sie zu sich heran.

Nein, nein, nicht das! Nein, sie will nicht! Will nicht! Ein Rauschen tobt in ihren Ohren, ein stärker werdendes Dröhnen. Er winkt noch einmal – mit blankem Stahl und steifem Schwanz. Zieht daran und zeigt sich ungeduldig. Auf Knien versucht Hilke, ihre Hose am Bund hochzuziehen. Ihre Bewegungen sind hektisch, sie verliert das Gleichgewicht und kippt zur Seite. In diesem Moment fällt ihr Blick auf die Waffe, über die sie beim Hereinkommen gestolpert war. Blitzschnell greift sie danach. In ihrem Kopf explodiert etwas, ein galvanisierter Stahldraggen wird durch die Luft geschleudert. Der Anker trifft sein Ziel mit einem knirschenden Geräusch, der Verschluss öffnet sich und fünf Krallen springen auf. Der Kopf des Mannes fällt zurück, sein Körper streckt sich, das Geschlecht in raschem Rückzug. Beim Anblick dieser erbärmlichen Kreatur und des schlaff aus der Hose baumelnden Glieds füllt sich ihr Mund mit dickem Speichel. Sie versucht zu schlucken, es schmeckt faulig, sie wird dran ersticken. Sie spuckt aus und ein großer schleimiger Klumpen breitet sich aus. Ihr Mund füllt sich erneut. Sperma. Hat das Schwein doch seinen Willen bekommen! Sie spuckt und spuckt, doch der Mund wird nicht leerer. Wird sie jämmerlich ersaufen in dieser Kloake? In blinder Raserei schleudert sie den Draggen zwischen seine Beine, sieht, wie sich rote Rosen ausbreiten, schlägt erneut zu, immer wieder, zermalmt ihn. Sie hat Schaum vor dem Mund, sie ist besessen.

Plötzlich ist es vorbei. Schlagartig besinnt sich Hilke auf ihre Situation. Sie springt zur Tür und will fliehen. Jäh hält sie inne, macht kehrt und sucht fieberhaft nach dem Beutel. Als sie ihn gefunden hat, rennt sie hinaus hinters Bootshaus, wirft einen raschen Blick zum Fjord. Dort liegt das Beiboot. Im Schutz der Bootshäuser fängt sie an, wie von Sinnen einen Hügel hinaufzurennen, verlässt den Weg und läuft quer durch ein Buchenwäldchen. Tverrnes-aksla!, schießt es ihr durch den Kopf. Wenn sie es bis dorthin schafft, kann sie sich in einem dieser Mauselöcher der deutschen Herrenmenschen verstecken. Die Anhöhe ist ein einziger Schweizer Käse, durchlöchert mit gut ausgeklügelten Gängen und Zimmern. Tverrnes-aksla – hier gruselte man sich Hand in Hand, ein bisschen verliebt und mit in der Dunkelheit gesträubten Nackenhaaren. Sie und ihre Freunde auf Erkundungstrip in den arischen Sälen. Bunkeranlagen in ewiger Erinnerung an ihre Erbauer, strategisch perfekt platziert, mit Kontrolle über Fjord und Meer, Land und Luftraum.

Ihre Lungen müssen hinüber sein, sie bekommt nicht genug Luft. Sie arbeiten wie eine morsche Orgel, pfeifend und zitternd. Gib jetzt nicht auf, lauf, lauf! Atmen kannst du später noch genug. Versuch, bis zum «Küchen-Eingang» vorzudringen, der war so eng, dass sie sich nur mit Mühe und Not hindurchzwängen konnten. Sie sucht fieberhaft, rennt auf und ab. Verdammt, die werden das Ganze doch nicht etwa dicht gemacht haben! Von den 25 000 Kronen, die der Staat dieser Region für die Behebung von Kriegsschäden bewilligt hat, müssen die Idioten mindestens 20 000 für die Entfernung des Kücheneingangs verpulvert haben! Sie stolpert über wuchernde Kletterpflanzen, hängende und kriechende Geißblattvariationen. Wunderbares Gewächs, eigentlich stünden dir die 20 000 zu, da du, erfüllt von nationaler Gesinnung, das Schreckensbild dieses grauen Eisenbetons überdeckst. Da ist er, sie quetscht sich hinein, findet sich plötzlich, ganz außer Atem, in einer kalten, dunklen und lautlosen Welt wieder. Für einen kurzen Moment ist sie zurückgekehrt in das Reich ihrer Kindheit, spürt, wie ihr ein Schauer über den Rücken läuft, schließt die Augen und versucht, sich an die Labyrinthe zu erinnern. Zuerst der «Blutpfad», dann das Depot, links die Lichtzelle, fünf Treppenstufen oberhalb des Depots die «Hitlerstraße», hinein ins Pokerzimmer mit dem Lichtschacht. Schafft sie es, sich durch diesen Spalt zu pressen, steht sie in der

Folterkammer, noch drei Stufen hinauf zum «Nazizimmer», und im Stockfinstern durch den «Saal der Toten». Nein, Moment mal. Die Schießscharte war die nächste Station und dort drang Tageslicht herein. Wie kam es, dass es im «Saal der Toten» so dunkel war? Herrgott, warum sollte sie sich jetzt darüber den Kopf zerbrechen? Am besten hat sie noch die albernen Namen im Gedächtnis, die sie erfunden hatten. Ansonsten erinnert sie sich nur noch daran, dass es dunkel und feucht dort drinnen war. Soll sie vielleicht hier stehen bleiben? Sie wirft einen Blick nach draußen, sieht aber nur einen dichten Vorhang aus Blattwerk und langen, dünnen Wurzeln. Wie lange muss sie wohl noch hier stehen, um sicher sein zu können? Oder richtiger ausgedrückt – wie lange wird sie noch hier stehen können? Hier hat sie keinen Überblick, bekommt weiter nichts mit als den Wechsel von Tag und Nacht.

Doch der Widerwille, in die klamme Dunkelheit einzutauchen, lähmt ihren Körper. Sie müsste sich langsam vorwärts tasten, nur gelegentlich rieselt etwas Tageslicht herein. Nichts da, jetzt reicht's, sie will nicht. Genau hier wird sie stehen bleiben. Da ist er wieder, der Dämon. Wovor fürchtest du dich, feiges Weib? Vor Mäusen vielleicht? Vor Feldmäusen, die voller Panik in alle Richtungen stieben? Oder vor Gespenstern, buh! Oder vor der Hexenfront mit fetten Warzen auf den Nasen? Oder sind es die Toten, die sie in Angst und Schrecken versetzen, die paar liegen gelassenen Deutschenleichen? Wieso glaubt sie jetzt plötzlich an Spuk und böse Geister? Wo doch die realen Gefahren dort draußen lauern, bei den Menschen. Hier drinnen ist sie sicher.

Der Vernunft gehorchend, zupft sie ihren Pullover zurecht, fährt sich mit der Hand durchs Haar und taucht ein in die Nacht. In der Hoffnung, etwas zu erkennen, starrt sie angestrengt in die Finsternis. Vergiss es. Streck lieber die Händchen aus und taste dich vorwärts. Du hast eben keine Sterne in den Augen, kein einziges Watt findet den Weg hinaus. Aber die Nerven deiner Fingerspitzen sind in höchster Alarmbereitschaft – sie fühlt, tastet, Schritt für Schritt. An den rauen Wänden entlang, nach links, rechts, geradeaus, Ecke, geradeaus, Ecke, nach rechts, Ecke, Öffnung. Gang, Treppe, Kurve, Oberlicht von weiß Gott woher. Tastend, wachsam, hinaus ins Ungewisse lauschend. Jeder Raum hat seinen eigenen Klang. An manchen Stellen ist er dichter, druckvoller. Sie gähnt automatisch, um auszugleichen. Dann wieder drängt ein Zittern an ihre Ohren, ein unruhiges Sirren durchdringt die Stille. Plötzlich steht sie in einem absolut geräuschlosen Raum. Kalter Schweiß tritt ihr auf die Stirn. Es ist wie die Stille nach einem langen Schrei. Weiter. Da vorne ist Tageslicht. Ganz ruhig weitergehen, mit kontrollierten Bewegungen. Weiche nicht vom Bürgersteig ab, sonst wirst du vom Auto überfahren, und böse Onkels nehmen dich mit.

Ihr Blick schweift durch die halbmondförmige Öffnung. Die Aussicht ist umwerfend. Eine schaurigschöne Kulisse, wie von lässiger Hand entworfen. Die Gegensätze sind großartig. Mindestens sieben Schwindel erregend hohe Berge im Süden, ewiges Eis und Schnee portioniert in kalte Schluchten, gierige Gipfel, die sich im Südwesten trotzig in salzige Fluten stürzen, Elefantenrücken, die dem grauen Meer entsteigen, am

Bauch frieren und auf die nächste Anhebung der Erd-
kruste warten. Die Überreste einer wandernden Lem-
mingherde, die, als die Sonne auf sie schien, zu Stein erstarrte, zerbarst und zu hunderten von knapp über den
Meeresspiegel ragenden Inseln, Holmen und Schären
wurde. Stur und grimmig liegen sie dort, spucken Gift
und Galle auf das Meer und dessen Schurkenstreiche.
Argwöhnisch blicken sie auf die benachbarten Him-
melskletterer, diese hochnäsigen Streber.

Dort im Nordwesten liegt Utvær, dort liegt Øygaren. Wie ein riesiger brauner Kuhfladen breitet sich die
Insel übers Meer aus. Herrgott, was für ein Überblick.
Die innere Fahrrinne – die äußere Fahrrinne, mehrere
nautische Meilen weiter westlich – alles unter Kontrolle. Und dennoch war dies hier noch lang nicht der
Hauptposten. Der lag weiter oben am Hang. Von dort
aus überwachte «Heil Hitler» sogar Gott den Herrn.

Und unten auf dem Wasser liegt das Boot. Ein hüb-
sches, kleines Spielzeugboot. Ein noch kleineres Boot
liegt am Ufer. Und da – sie kneift ungläubig die Augen
zusammen –, da treibt der Minikahn, mit dem sie ge-
flüchtet war, dort treibt er herrenlos im Wind. Ein elen-
der Verräter, der, ohne mit der Wimper zu zucken, ihren Landeplatz ausgeplaudert hat. Besseren Honig
können sich suchende Bienen kaum wünschen. Ein un-
verzeihlicher Fehler, ein Zeichen mangelnder See-
mannsumsicht. Ihr Blick fällt auf ein Menschlein, das
sich auf eine Legolandbootshütte zubewegt und einen
gelben Sack hinter sich herschleift. Sie hat plötzlich
Lust, laut loszulachen. Die ganze Welt hat sich in Le-
goland verwandelt! Was für ein Zaubertrick! Wie klein
und unbedeutend sowohl Mensch als auch Menschen-

werk vor dieser riesigen Kulisse erscheinen. Wie hieß noch mal Barbies Boyfriend, des Plastiksupergirls von Onkel Sam? Der da unten musste es sein, der soeben aus dem Bootshaus stürzt und den Weg am Hang hinaufrennt, so schnell ihn seine kleinen Puppenbeinchen tragen. Da verschwindet er im Herbstwald. Der sonntägliche Frieden ist wiederhergestellt. Nein, komm wieder raus, lauf, spring, zeig action! Das stumme Pausenbild macht sie langsam kribbelig. Der bleibt aber lange weg. Ob er wie sie im Pflanzendickicht gestolpert ist und sich auf dem Weg in die Betonnacht befindet?

Nein, ein Glück, da taucht er wieder auf. Er sieht erschöpft aus, er wischt sich mit dem Hemdsärmel über die Stirn. Der Schuft, gerade ist er im Bootshaus verschwunden und überlässt sie wieder dem Pausenbild. Ob sie hinunterrufen und ihn bitten soll, für sie zu tanzen? Ihm zurufen, dass sie verzaubert wurde und in einem goldenen Saal an einem goldenen Spinnrad goldene Fäden spinnt? Und dass sie sich weigert, die Fernsehgebühren zu zahlen, wenn immer dasselbe Bild erscheint?

Ach was. Er ist schließlich nur ein Mensch und kann nichts für sie und ihresgleichen tun. Sie müssen ihre eigenen Fernsehleute ausbilden. Außerdem wird er von so einer wie ihr mit zwölf Rippen nichts wissen wollen, wie konnte sie das nur vergessen? So was kann einfach nicht gut gehen. Er würde ununterbrochen nach seiner zwölften Rippe suchen und jedes Mal, wenn er sie gefunden hat, setzt er den Absatz drauf und zerbricht sie in Stücke.

Sie und die Kinderschar waren ausgezogen, um den Bergkönig zu vertreiben, als er das zehnte für sich ver-

langte – also sieh zu, wie auch du dich alleine da raus-
ziehst, fauler Sack!

Da ist er ja wieder raus. Meine Güte, wie schwer er
tragen muss! Einen Sack über der einen Schulter und
eine Plane oder so was über der anderen. Er will wohl
rausfahren zum Fischen.

Haha, ich werde einen Fluch über Seelachs, Pollack,
Dorsch und Schellfisch ausstoßen. Außer Tang, See-
sternen und ein paar Kleinfischen wirst du nichts im
Netz haben. Aber nein, der will gar nicht fischen. Er
rudert wie wild zu dem vor Anker liegenden Boot,
zieht den ganzen Kram an Deck und springt dann an
Bord.

Ach, sieh mal einer an! Das Spielzeugboot hat einen
Motor, es zieht eine Kielwasserspur nach sich, navigiert
zwischen Holmen und Schären, umrundet die Landzunge in Richtung Stadt und verschwindet von der
Bildfläche.

12

Die Schießscharte ist 30 Zentimeter breit, 30 Zentimeter, bis der Rachen sie verschlingt. Es kommt ihr vor,
als wüchsen Zähne aus dem Gaumen, Draculazähne,
die sich ineinander verkeilen. Sie befindet sich jetzt
mitten im Schlund, fährt mit den Händen die Wände
entlang. Keine Öffnung, kein Spalt. Meterdicker Beton,
verstärkt mit Eisenplatten und Kriegsgefangenen.

Sie presst das Gesicht gegen die Öffnung, saugt gierig die Luft von draußen ein, drückt dagegen. O nein,

das Teil lässt sich zu keiner Kopfgeburt verleiten, und kaum zu hoffen bleibt, dass sich der Rachen öffnet und sie ausspuckt, weil sie so schlecht schmeckt.

Hinaus – es gibt keinen anderen Weg als den, den sie gekommen ist. Noch einmal verdaut werden von diesem Wesen, dem der Rachen gehört. Durch Schlund und Speiseröhre geraspelt werden, in bitterem Magensaft schwimmen, sich panisch einen Weg durch die Kloake bahnen, ohne sich selbst dabei zu verlieren. Der Trunk, der ihr unterwegs eingeflößt wird, wird ihr einen langen Rausch bescheren, vielleicht sogar einen ewigen. Okay, dann überlässt sie dem Copiloten das Cockpit, der sieht einigermaßen behaart und schlimm aus da hinten im Schatten.

Fünf Minuten vergehen, Hilke steht unbeweglich da. Zehn Minuten. Warum soll sie hier raus? Fünfzehn Minuten – sie macht kehrt und geht noch einmal zu der Schießscharte. Steht da und starrt ins Leere, ohne etwas wahrzunehmen. Alle Entscheidungen sind aufgehoben. Aber der Copilot ist ungeduldig. Dort hinten in der Dunkelheit sitzt er und wartet auf Befehle. Selbstleuchtende Augen und spezialisiert auf nächtliches Navigieren.

Zwanzig Minuten. Betet sie? Sie kennt ein Tischgebet über Vögel, aber die sind nach Süden gezogen. Hier gibt es keinen einzigen Vogel.

Aber ein anderes Geschöpf kommt den Hang heruntergesaust, ein halbwüchsiger Vierbeiner auf Entdeckungsreise durch die Sonntagsruhe, den Schwanz aufrecht in die Luft gestreckt. Komm, Miez, versucht sie zu locken, doch ihr Ruf dringt nicht nach draußen. Sie presst ihr Gesicht so eng wie möglich an die Öffnung.

Miez, Miez! Verwundert hält das Kätzchen inne, ihre Haltung verrät höchste Aufmerksamkeit. Hilke ruft noch einmal und das Tier bewegt sich in ihre Richtung.

Wie besessen wiederholt Hilke die Lockrufe. Aber das Kätzchen bleibt plötzlich stehen, scheint sich der mütterlichen Warnungen vor fremden Tanten zu entsinnen. Gehorsam setzt es sich ins Gras, legt den Kopf schief und betrachtet sein Gegenüber mit großen runden Augen. Aber dann ist die Mutter doch vergessen, was soll's, schließlich ist man nur einmal jung – und schon sitzt es mit einem eleganten Sprung mitten in der Öffnung.

Hilke streckt ihre Hand aus, will es anfassen, Leben spüren! Nach anfänglichem Zögern siegt seine Neugierde, es wird immer zutraulicher, und schließlich lässt es sich auf den Arm nehmen, den weichen Pelz streicheln, hinter den Ohren kraulen. Ein zutiefst zufriedener Laut steigt auf, das Kätzchen drückt sich an sie und schnurrt wie ein Motor. Sie spürt, wie sein Herz ruhig und warm klopft. Wie sehr sie es liebt, dieses weiche Fell! Sanft drückt sie das kleine Gesicht gegen ihre Wange. Nein danke, das gefällt ihm nicht. Das Schnurren hört auf, es will runter. Hilke versucht, es umzustimmen. Keine Chance. Sorry, ich will runter, meine Neugier ist befriedigt, habe meine Streicheleinheiten bekommen, jetzt muss ich weiter, tschüss! Hilke will noch nicht aufgeben, wendet sich vom Tageslicht ab. Langsam wird die Mieze richtig sauer. Du riesiger, abscheulicher Mensch, lass mich los! Wohl dem, der auf seine Mutter hört und draußen Fliegen fängt! Die Krallen graben sich in weiches Menschenfleisch, die Zähne ebenfalls. Gib's ihm. Aber dieser Mensch hält den klei-

80

nen Körper fest im Schraubstockgriff. Das tut weh! Ein verzweifelter Schmerzensschrei zerreißt die Dunkelheit, schallt aus jedem Winkel zurück. Der Mensch erstarrt, der Griff lockert sich.

Der Laut brachte etwas in ihr zur Explosion. Hilke kann sie jetzt spüren, sie liegen an den Wänden, in Kojen, die knarren, wenn sie sich nach ihr umdrehen. Tote in grünen Uniformen, blanken Lederstiefeln und mit aufblitzenden Monokeln. Faulige Mäuler grinsen sie an, wenden sich ihr zu, kriechen mit steifen Knochen herbei, Hände, ein Heer von Händen, kalte, tote, gekrümmte Krallen fallen über sie her. Sie schreit. Ein wahnsinniger Schrei, der von Wand zu Wand hallt. Wie von ihrem eigenen Schrei davongetragen, eilt sie weiter, immer weiter. Sieht irgendwo Licht, schlägt mit den Knien auf Beton, der Boden wird unter ihr weggezogen, sie fällt drei Stufen tief, rappelt sich wieder hoch, stolpert weiter. Spürt, dass sie ein Kind in den Armen hält, es darf nicht von Bajonetten durchbohrt werden, weiter, weiter! Licht sickert in die Dunkelheit, zwei Körper werden aus einer zugewachsenen Öffnung gepresst, eine Umarmung löst sich. Lebt ihr Kind? Sie bettet es auf Heidekraut und sinkt darüber. Zwei bernsteinfarbene Augen starren in die ihren, ein wildes Fauchen und ein Katzenkörper verschwindet wie der Blitz im Gestrüpp. Kätzchen hat das Fürchten gelernt.

Der Mensch bleibt liegen, gräbt sich ins Heidekraut und wird eins mit der Natur – lange. Sie will nicht mehr fliehen, will nur hier liegen und ruhen, Heide und Moos riechen und ruhen.

Wann war sie eine junge, sorglose Frau gewesen, die aufstand, wenn der Wecker klingelte, zur Arbeit ging und mit ganz normalen Menschen zusammen war? Die Geschirr spülte und Essen kochte, sich mit Freunden traf und anderen netten Dingen nachging? Wie lang ist das her, als ihr größtes Problem das Auto mit den Startschwierigkeiten war? Das war früher irgendwann, in einem anderen Leben, sie kann sich kaum erinnern.

Aber sie ist noch immer ein Mensch! Sie spürt, wie der Verstand langsam seine Arbeit wiederaufnimmt, sie spürt Schürfwunden und Schmerzen, sieht blutige Stellen, spürt ihren arg geschundenen Körper. Ihre Hose ist nass. Soso, dann hat sie sich wohl eingepisst. Das soll schon ganz anderen Leuten passiert sein. Mit einer Hand sucht sie ihre Hosentasche nach Tampons ab. Diesen Strom kann sie jedenfalls stoppen. Sie rappelt sich auf, stellt fest, dass sie keinen sonderlich gepflegten Eindruck macht, rückt ihre Klamotten zurecht, zieht den Pullover weit nach unten. Sie muss ja nicht auf eine Misswahl.

Während sie sich langsam den Hang hinaufschleppt, entsteht ein Bild vor ihren Augen – die Polizeiwache, ein Gebäude aus massivem, viereckigem Mauerstein. Eine Festung mit Eichentüren und den Hütern des Gesetzes an Ort und Stelle. Ein Gefühl der Sicherheit durchströmt sie bei dieser Vorstellung. Dort wird man sie versorgen, sie wird Essen bekommen, Verständnis, Freundlichkeit und Schlaf. Und Salbe und außerdem die Nachricht, dass man die Männer gefasst hat, festgenommen und in die Wüste geschickt.

Hilke ist klar, dass sie fantasiert, aber es tut unendlich gut, die Kinderseele einfach gewähren zu lassen, sie zu hegen und zu pflegen. Sie bleibt stehen, als die Landstraße zwischen den Bäumen auftaucht. Was nun? Trampen? Nicht so zerkratzt und nass gepisst wie sie ist. Zu Fuß in die Stadt gehen? Schafft sie nicht. Eine Meile an der Straße entlang, noch weiter durch den Wald.

Was die jetzt wohl machen? Ob sie noch immer den Busbahnhof suchen oder ihn schon leer vorgefunden haben? Sie wirft einen Blick auf die Uhr – fünf vor zehn.

Ein Auto fährt vorbei. Jedes Auto kann Tod und Verderb bedeuten. Die können den Bus längst durchsucht und genauso wenig gefunden haben, wie sie dorthin gelegt hat. Dann haben sie vielleicht ein Auto gemietet, in der Hoffnung, dass sie dumm genug ist zu trampen. Noch ein Auto kommt vorbei. Soll sie? Und wenn sie einen Wagen anhält und sagt, sie wolle zum Krisencenter? Das würde ihren Zustand erklären. Idiotin, wer will schon etwas mit misshandelten und stinkenden Frauen zu tun haben? Ihr Realitätssinn scheint langsam total auszusetzen.

Da – ein Motorrad rast vorbei. Nun mach was! Das ist die Lösung. Sie setzt ein Lächeln auf. Sie hört noch eins kommen, los, an die Straße und tramp! Lächle und zieh den Pullover runter, lächeln, ziehen!

Es bremst, hält an. Eine 500er Honda. Noch eine Maschine folgt, bremst ab, grüßt, gibt Gas. Der Fahrer grüßt. Alles klar, er will in die Stadt, sie will in die Stadt, alle wollen in die Stadt. Rasch steigt sie auf und versucht, den Farbunterschied auf ihrer Hose zu verbergen. Der Urin brennt in den Wunden, sie bleibt in unnatürlich gespreizter Stellung sitzen.

Sie wollen zum Hufeisenblock, dem berühmt berüchtigten, der in der feinen Gesellschaft immer wieder für neuen Gesprächsstoff sorgt. Sie wird zu einem Sonntagvormittaggelage eingeladen. Sie bedankt sich, hat eine wichtige Verabredung mit einem Typen, unten in der Stadt. Sie verstehen sofort, um was für eine Verabredung es sich handelt, überschlagen sich fast vor Verständnis. Und tschüss.

13

Hilke bemüht sich, belebte Straßen zu meiden, schlägt sich querfeldein durch Parkanlagen, Privatgärten und -wege zum Märchenschloss durch. POLIZEI steht über dem Eingang. Daneben hängt das Wappen der Großfamilie. Hinter einem uralten braunen Lattenzaun, vermutlich vergangenen Sommer vom städtischen Gartenamt aufgestellt, steht sie und peilt die Lage. Die Stadt schläft, abgesehen von vereinzelten Trunkenbolden, die im Vorbeitorkeln jede Delle im Asphalt verfluchen. Der Platz ist leer, einziger Schmuck sind ein paar zusammengekehrte Laubhaufen. Wie riesig er wirkt. Und dennoch reicht seine Fläche am 17. Mai gerade mal für ein paar Musikkapellen. Riesig und ungeschützt, offen in alle Richtungen. Sie hat sich eine Phobie gegen solche flachen Wüsten eingehandelt.

Es tut sich was. Ein Mann kommt zur Tür heraus, dreht sich um, steckt einen Schlüssel ins Schloss und dreht rum. Dreht rum! Schließt ab! Dieser elende Witzbold schließt die Tür ab! Hilke bleibt buchstäblich die

Luft weg. Da sitzt sie nun und der Zugang zum Himmel ist versperrt. Wieder einmal schlägt man ihr die Tür vor der Nase zu. Wie war das noch? «Boten bitte den Hintereingang benutzen.» Ja, der Hintereingang. Hoffentlich war das nicht auch so eine Von-neun-bis-fünf-nur-an-Werktagen-geöffnet-Angelegenheit. Sie zieht sich ins Gebüsch jenseits des Lattenzauns zurück. Auf der Rückseite gibt es weder Wappen noch abschließende Männer, nur eine ganz gewöhnliche Tür, davor alle verfügbaren schwarzweißen Fahrzeuge, ausgestattet mit Sirene, Geschwindigkeitsmesser und Kameraüberwachung. Grundsolide. Sie will hinein in diese Schutz bietende Festung, weg von dem Wahnsinn hier draußen. Wenn die Tür nicht offen ist, muss es doch irgendeine Klingel geben. Eine Alarmklingel, die das ganze Gebäude aufweckt und ihr Zugang verschafft. Ganz bestimmt sind da drinnen Leute im Dienst.

Sie sieht sich um – kein Mensch weit und breit. Der Würfel ist gefallen. Mit merkwürdig gespreiztem Gang nähert sie sich Parkplatz und Eingang. Abgeschlossen, na klar. Die haben wohl Angst vor Einbrechern. Sie entdeckt einen Klingelknopf und legt einen Finger darauf. Lange. Keine Reaktion. Funktioniert die verdammte Klingel etwa nicht? Noch ein Versuch. Sie lauscht. Das einzige, was sie hört, ist das nervöse Klopfen ihres Herzens.

Sie drückt die Klinke herunter und rüttelt daran.

Ein Fenster fliegt auf. Sie legt den Kopf in den Nacken und blinzelt nach oben. Und da – da streckt ein frisch gebackener Polizeiknappe den Kopf heraus, rundbäckig und herzensgut, hell und freundlich wie die Sommernacht. Und er ist Polizist, jedenfalls dem Hemd nach zu

85

urteilen. Sie hat gerade zum Sprechen angesetzt, als er ihr schon ins Wort fällt. Brüllt die alte Schlampe und Säuferin an, dass sie aufhören solle mit dem Theater, die Ausnüchterungszellen seien voll besetzt, und vor zwei käme da keiner raus, egal wie sie sich anstelle – und geh endlich nach Hause schlafen, das scheinst du dringend zu brauchen, zur normalen Bürozeit kannst du ja wiederkommen, falls dann noch was ist.

Hilke starrt mit offenem Mund nach oben. Was gibt die Stimme da von sich? Was bedeuten all diese Worte, die auf sie einprasseln? Sie blickt nach unten auf den Asphalt. Wo sind sie denn abgeblieben? Nein, sie sind alle weg, verschwunden. Sie muss geträumt haben. Ja, natürlich hat sie geträumt, das Fenster ist zu. Tja, die Gehirntätigkeit lässt langsam ein bisschen nach.

Auf ein neues, die gleiche Prozedur. Fast. Diesmal braucht sie nicht an der Türklinke zu rütteln, die Reaktion erfolgt schneller. Man droht ihr an, sie wegen Störung der öffentlichen Ordnung einzubuchten, und noch irgendwas, woran sie sich nicht erinnern kann. Aber genau das will sie doch! Wie soll sie diesen Schwachkopf da oben dazu kriegen, einen Moment lang die Schnauze zu halten, damit sie sein Angebot annehmen kann? Er ist zu schnell für sie – wieder ist das Fenster geschlossen. Sie kapiert überhaupt nichts mehr. Das ist absolut lächerlich. Komm zur normalen Bürozeit wieder, hat er gesagt. Rasende Wut steigt in ihr auf. Hier steht sie morgen als vermisste Person in allen Zeitungen, mit einem Todesgürtel am Körper, mit so vielen Scheußlichkeiten auf der Netzhaut eingebrannt, dass man damit mehrere Kriminalchroniken füllen könnte, misshandelt und mit einem Verstand, der nur noch am seidenen Faden baumelt – eine Mörderin ist sie auch noch: Und in diesem Zustand bittet man sie, zur normalen Bürozeit wiederzukommen. Herrgott, sie steht kurz vorm Durchdrehen. Begreift denn dieser Eunuch rein gar nichts? Menschen, sie braucht Menschen um sich herum, sie will rein! Wutschnaubend hämmert sie mit den Fäusten gegen die Tür, aber nur, um die bittere Erfahrung zu machen, dass alte Eichentüren verdammt hart sind. Sie kommt nicht hinein.

Wie eine verjagte Hinterhofkatze räumt sie die Stätte ihrer zerstörten Hoffnung. Während sie diese und das noch immer verschlafene Villenviertel hinter sich lässt, sieht sie an jeder Ecke Lederstiefel und Seesäcke. Wie in Trance lenkt sie ihre Schritte dorthin, wo sie wohnt. In einer Gasse hockt sie sich nieder und lässt ihren Blick die Straße rauf und runter schweifen, starrt auf den Häuserblock, seinen Eingang und die wohl bekannten Gardinen in der dritten Etage, sehnt sich verzweifelt dort hinein. Doch sie rührt sich nicht von der Stelle: Kein Schlüssel, kein Mut, nur Misstrauen.

Ein Ford Transit fährt im Schritttempo die Straße hinunter. Er parkt in einer Seitenstraße und heraus kommen grüne Militärjacke, Jeans, hohe Stiefel, gekrönt von einem riesigen Hut, einem Jägerhut. Diese Figur ist ihr bekannt: Hartvik, Besitzer mehrerer Ladenketten, Importeur und Exporteur für weiß Gott was, der hat überall seine Finger im Spiel. Und er ist Taucher.

Sie will rufen, verkneift es sich aber. Hartvik betritt das Treppenhaus, das zu ihrer Wohnung führt. Will er sie besuchen? Gehört er etwa zur städtischen Geheimpolizei? Durch die Fenster im Treppenaufgang verfolgt sie, wie er ein Stockwerk hochgeht, dann noch eins und an einer Tür klingelt. Das scheint tatsächlich ihre zu sein. Ob er sie zum Tauchen mitnehmen will? Weiß er vielleicht nicht, was passiert ist? Sonderbar.

Als sie nach einem kurzen Moment der Unaufmerksamkeit wieder auf das Fenster schaut, ist die Gestalt verschwunden. So ein Mist aber auch.

Sie richtet ihren Blick auf die Eingangstür, sicher wird er bald rauskommen. Nichts passiert. Auch im Treppenhaus ist niemand zu sehen. Er muss wohl noch woanders geklingelt haben, bei jemandem, der zu Hause war.

Dann plötzlich – eine Bewegung hinter den Gardinen, der Umriss eines Menschen – dann wieder nichts. Sie kneift die Augen zusammen. Was in aller Welt . . .? Nein, die Gardinen hängen genau so, wie sie sollen, und außer der Hängepflanze ist nichts im Fenster zu sehen. Und dennoch, sie kann sich selbst nichts vormachen. Da war jemand hinter den Gardinen. Hartvik – entweder ist er im Auftrag der Polizei bei ihr, oder ein Mörder sitzt in der Wohnung und wartet auf sie. Das herauszufinden, reizt sie allerdings ganz und gar nicht. Sie steht kurz entschlossen auf und schleicht sich die Stufen hinauf, lässt sich von ihrem Instinkt leiten. Sie landet am Winterhafen des Segelbootklubs.

Bootshäuser Schulter an Schulter, lange Missgeburten von Bootshäusern. Davor liegen, stehen, verrotten verschiedene Boote verschiedener Preisklassen. Gebrauchte, verbrauchte, bewachsene, abgeblätterte und halbwegs wiederhergestellte Schiffsrümpfe zeugen von Aktivität, zumindest gelegentlicher. Vergeblich versucht sie, die Tür eines Bootshauses zu öffnen, hier herrscht das Schlüsselprinzip.

Durch Schaden klug geworden, sucht sie Schutz zwischen leeren Ölfässern. Dort lässt sie sich nieder, alles andere als resigniert. Vielmehr wütend, stocksauer, aber auch schmollend. Es sind vertraute Gefühle. Und sie kann sie zulassen. Während sie dasitzt und schmollt wie ein Kind, zwingt sie ihr Gehirn, hochexplosives Gedankengut einzusperren und den Schlüssel wegzuwerfen. Das hilft. Allmählich wird sie ruhiger, findet wieder zu sich selbst.

Freunde. Was sie jetzt braucht, sind Freunde, deren Treue, um ihr aus diesem Schlamassel herauszuhelfen. Allerdings muss sie sich zuerst einem gründlichen äußeren Reinigungsprozess unterziehen, bevor the very established Establishment ihr Beachtung schenkt. Bei dem Gedanken an männliche Polizeibeamte verzieht Hilke das Gesicht zu einer Grimasse. Aber doch, sie hat schließlich Freunde. Daran mangelt es nicht. Einer davon sitzt sogar in ihrem Wohnzimmer und wartet. So gute Freunde hat sie. Und der eine oder andere würde ihr bestimmt helfen können. Ganz bestimmt. Aber rauf in die Stadt geht sie nicht noch mal. Die meisten wohnen allerdings in der Stadt. Geld zum Telefonieren hat sie auch nicht. Sie wühlt in ihren Taschen. Nein, zur Diebin ist sie noch nicht geworden. Ihre Finger ertasten die kleinen Tampons. Nur Tampondiebin. Nelly, stell dir vor . . . ach, hör auf! In die Richtung kannst du schon gar nicht.

Wie durstig sie ist. Plötzlich ist die Kehle wie grobes Sandpapier. Und dieses Drücken im Magen kann durchaus Hunger bedeuten. Sie blickt auf die graue, leicht gekräuselte Wasserfläche. Es riecht nach Salz.

Gierig saugt sie die frische Luft durch die Nase ein. Tang und Salzwasser, gemischt mit einem leichten Ölgeruch von den Fässern. Der Geruchssinn ist ungewöhnlich geschärft an diesem gräulichen Sonntagvormittag. Die verschiedenen Gerüche dringen tief in sie ein, es ist, als ob sie mit dem Magen rieche. Eine Mischung aus Teer und Holzschutzmittel, Farbe und Herbstlaub drängt sich ihr auf, erfüllt sie. Aber diese Aromasuppe verschafft ihrem Durst keine Linderung. Sie hat fast keine Spucke mehr im Mund. Ihr Blick wandert zur Hochwasserlinie. Dünne Rinnsale umspülen spielerisch rundgeschliffene Steine. Ergreifen sie, ziehen sich zurück, wagen eine neue Offensive, ziehen sich wieder zurück. Verräterisch, alles ist verräterisch und wechselhaft. Sie hat keine Lust, diesen Gedanken zu vertiefen, ihr Hirn ist matt und sie selbst fühlt sich wie ein Dürresommer.

Warum sind hier keine Leute, ein bekanntes Gesicht, jemand, auf den sie sich verlassen kann? Hilke sieht auf die Uhr – fünf nach halb zwölf. Bis zwölf halten sie Sonntagsruh, bis eins essen sie Kotelett mit Sauerkraut, dann verdauen sie bis zwei, die ersten Seelen sind gegen halb drei oder drei zu erwarten. Noch drei Stunden – bis dahin ist sie verdurstet. Sie stützt den Kopf auf die Knie und denkt nach. Ganz langsam jetzt – wo findet sie Wasser, ohne dafür bis ans Ende der Welt laufen zu müssen? Der Campingplatz! Na klar. «Nøisomhed-Campingplatz», die Zwei-Sterne-NAF-Sache hier ganz in der Nähe. Die Saison ist vorbei, aber sie meint, letztens noch Autos dort gesehen zu haben. Der Besitzer bemüht sich bestimmt, die Saison etwas auszudehnen, lockt mit gut isolierten Hütten. Sie hofft darauf.

Der Weg dorthin ist nicht weit. Sie geht am Waldrand entlang, watet in Herbstfarben und schon bald hat sie die Rückseite der Sanitärbaracke erreicht. Zugang für Ladys vorne, sie findet die Tür unverschlossen vor. Kaum zu fassen, es gibt offene Türen in dieser Stadt. Sie inspiziert den Innenraum. Fünf Klotüren, ein Duschraum, eine stählerne Waschrinne, drei Spiegel, eine Bank und drei Abfallkörbe. Sie geht zum Wasserhahn, dreht ihn auf und will trinken. Doch plötzlich hat sie Angst, dem Raum den Rücken zuzukehren, den fünf Türen, sie traut sich nicht. Ob jemand dort drin ist, mit angezogenen Beinen auf dem Klodeckel hockt? Jemand, der jeden Moment herausstürzt und ihre Zähne gegen den Wasserhahn stößt?

Reiß dich zusammen, das sind bloß deine Nerven und die Angst. Ja, und? Die Welt besteht nur noch aus kaputten Nerven und Angst und nichts wird sie davon abhalten, jede einzelne Kabine zu kontrollieren, bevor sie trinkt. Trotz des quälenden Durstgefühls braucht sie eine Ewigkeit, bis sie es über sich bringt, die erste Tür aufzustoßen. Nur ein trauriges und einsames Klo. Gut.

Noch vier Türen. Ein heftiger Tritt gegen die nächste, sie fliegt auf, knallt gegen die Innenwand und schlägt zurück. Auf die dritte Tür ist ein Herz mit Pfeil gemalt. Los, komm doch, gebrauch deinen Pfeil, wenn du es wagst. Die Tür knallt gegen die Wand. Leer. Hilke schwitzt. Noch zwei. War da nicht gerade ein Geräusch hinter der einen, das Geräusch eines aufspringenden Stiletts? Oder war es das Rasseln einer Eisenkette? Sie starrt auf die Tür. Die Konturen verschwimmen vor ihren Augen. Die Tür wächst. Hilke, tritt zu, tritt sie kaputt! Du kriegst kein Wasser, bis die Tür offen ist. Sie ist der Feind, vernichte den Feind.

Als sie zutritt, rutscht sie aus, landet flach auf dem Boden und stiert in den Innenraum. Leere, totale Leere. Okay, jetzt weiß sie Bescheid. Sie sind am Boden entlang in die letzte Kabine gekrochen. Als sie fiel, haben sie die Chance genutzt und sind am Boden entlanggekrochen. Jetzt sind es viele, jetzt sind sie gefährlich. Sie stützt sich an der Stahlrinne ab und hievt sich hoch, ohne den Blick eine Sekunde von den Türen abzuwenden. Noch eine Tür, ganz in der Ecke, und dahinter, da sind sie, da steht das noch nie zuvor Gesehene. Was dir immer den Rücken zukehrt. Was in langen, leeren Korridoren verschwindet, in öden, dunklen Straßen. Immer mit dem Rücken zu dir. Eiskalte Angst verbreitet dieser finstere, bedrohliche Rücken. Plötzlich ist er da. Er kommt immer zurück. Eines Tages dreht sich der Rücken um, ganz langsam, und dann kommt er auf dich zu. Dann erlebst du all deine Albträume in einem plötzlichen Auflodern. Einem ewigen Auflodern.

Hilke zittert. Es ist, als stünde sie vor einem tiefschwarzen Abgrund. Jetzt ein Stoß und sie vergeht in einem Schrei. Kalter Schweiß bricht ihr aus und ihr Gesicht ist von einem fiebrigen Glanz überzogen. Sie umfasst ihren Körper mit beiden Armen, als ob sie friere, senkt den Kopf, als wolle sie die Tür mit imaginären Hörnern aufstoßen, atmet schwer und sammelt die Reste alter Stärke und neuen Wahnsinns.

Da geht die Außentür auf und herein hastet eine Touristentussi im Trainingsanzug. Sie bedenkt Hilke mit einem flüchtigen, prüfenden Blick. Oje, dass es so was jetzt auch schon in norwegischen Kleinstädten gibt. Ein Jammer, wirklich ein Jammer. Sie macht den größtmöglichen Bogen um Hilke, murmelt ein beruhigendes «Guten Morgen» und verschwindet in einer Kabine. Lorelei hat gefrühstückt, Lorelei geht aufs Klo. Sie wählt die Tür Nummer fünf, ganz hinten in der Ecke.

Hilke lauscht. Herunter mit der Trainingshose, riesel, riesel, Papier, abziehen, rausgehen und den Hahn aufdrehen. Hilke ist wieder bei Sinnen, murmelt gleichfalls ein «Guten Morgen», dreht den Hahn auf und trinkt. Lässt das Wasser gierig in sich hineinlaufen, bis ihr beinah der Magen platzt. Ihre Wahl fällt auf Kabine Nummer eins.

Die alternde Lorelei ist gründlich. Hilke hört, wie Gesicht, Hals, Achseln, Unterleib gewaschen werden und dann die Zähne geputzt. Alles mit eiskaltem Wasser. Zwei Sterne außerhalb der Saison. Sie wartet, bis die deutsche Gründlichkeit endlich fertig ist. Eine Tür schlägt zu und sie ist wieder alleine. Zögernd nähert sie sich dem Spiegel, wagt kaum, sich selbst in die Augen zu sehen. Lange bevor sie dem Blick der Frau im Spiegel begegnet, weiß sie bereits, dass sich nicht jedes Teufelswerk äußerlich zeigt. Sie hat jedenfalls weder schwarze und mit Warzen überwucherte Klauen noch einen Buckel noch Eiterbeulen, die sich unter dem Pullover wölben. Jedenfalls nicht von der Taille aufwärts. Und die Klamotten sind einigermaßen in Ordnung, etwas verfärbt zwar, aber weitgehend unversehrt.

Dennoch stöhnt sie auf, als sie ihr Gesicht näher betrachtet. Es sieht merkwürdig verzerrt aus, wie ein falsch zusammengesetztes Puzzle. Die Picasso-Frau.

93

Sie grinst. Sonderbares Grinsen. Noch ein Versuch. Sie grinst und schneidet Grimassen, wird völlig verschluckt von diesem Gegenüber.

Danach ist sie wieder mit sich selbst allein. Eine kurze Unterbrechung. Sie sieht sich um, ob irgendetwas Brauchbares herumliegt. Kein Waschlappen, kein benutztes Handtuch, nichts. Doch, da liegen ein Gummiband, an dem Haare kleben, ein Seifenrest, eine Plastiktüte und Klopapier. Zunächst vorsichtig, benetzt sie ihr Gesicht mit Wasser, fühlt sich sofort erfrischt, woraufhin sie das Gesicht unter den kalten Strahl hält, lange. Trocknet sich mit Klopapier ab und spürt, wie das Blut wieder zu pulsieren beginnt. Ihr Haar sieht aus wie ein Tangknäuel. Sie teilt das Gewirr in zwei straffe Zöpfe und staunt über den befremdlichen Anblick. Synnøve Solbacken auf der schiefen Bahn.

Gründliche Wäsche des Oberkörpers kommt nicht in Frage. Allein der Gedanke daran verursacht schon eine Gänsehaut. Aber was ist mit dem schmerzenden, stinkenden unteren Bereich? Schließlich gehört der auch zu ihr – wohl oder übel. Im Moment eher übel. Sie überwindet ihren Widerwillen und zieht das Polyesterteil herunter. Ein gelblichblauer Fleck kommt unter dem Pullover zum Vorschein, Resultat eines Trittes. Sie zieht den Pullover so tief wie möglich, die Bewunderung der Farbpaletten ist bis auf weiteres verschoben.

Das restliche Elend bleibt ihren Blicken verborgen. Die Hose klebt fest. Hilke bemüht sich, sie behutsam zu lösen, ein stechender Schmerz durchzuckt ihren Körper – sie gibt auf. Stoff und Fleisch sind zusammengewachsen. Siamesische Zwillinge. Toll, wirklich ganz toll. Sie ist zur Synthese mutiert, einer Synthese aus Pflanzen- und Tierreich. Die Wissenschaft wäre dankbar, wenn sie sich zur Verfügung stellte. Zellsaft und Pflanzenfasern, Organisches und Anorganisches wundersam vereint.

Sie zwingt sich, die Gedanken beiseite zu schieben, rümpft die Nase ob des 18.-Mai-Geruchs, der ihr entgegenschlägt, reißt etwas Papier von einer Klorolle, befeuchtet es mit Wasser und beginnt sich zu säubern. Zumindest versucht sie es. Mit immer neuen Papierlagen wäscht sie Schichten aus geronnenem Blut und Sperma ab. Verdammter klebriger Dreck. Die Kratzer auf ihren Händen platzen wieder auf. Dünne rote Rinnsale durchziehen die Haut.

Sie hat Durst, trinkt erneut. Hört den Magen protestieren, während sie sich wieder anzieht und zwei Papierrollen in die Plastiktüte packt. Dann geht sie hinaus, fest entschlossen, sich an Lorelei und ihr Gefolge dranzuhängen. Irgendwohin wollen die sicher. Und sie auch. Irgendwohin, egal, wo das ist.

Drüben auf der herbstlichen Rasenfläche laufen Lorelei und ihr Männe geschäftig auf und ab, beladen ihr Auto für die Abreise. Aber unten am See entdeckt sie etwas, was ihr mehr zusagt: Zwei Typen, der eine mit Mittelscheitel und Pferdeschwanz, der andere mit einer schwarz-rot karierten Holzfällerjacke. Sie sitzen vor ihrem VW-Bus und essen. Bestimmt wollen die auch irgendwohin. Sie tippt auf Studenten. Kurz entschlossen geht sie auf die beiden zu. Das Auto hat ein deutsches Kennzeichen. Im Schnellverfahren ruft sie sich die kümmerlichen Reste ihrer Deutschkenntnisse aus Gymnasialzeiten in Erinnerung, besinnt sich auf Loreleis Gratiskurs in Benimmfragen. Als sie vor ihnen steht, entringt sie sich ein freundliches «Guten Morgen». Sie sehen auf, erwidern den Gruß. Sie gibt sich einen Ruck und leiert ein Gespräch an.

Studenten, ja? Ja. Nein, das höre ich, sie sind Deutsche. Aber wo kommen sie jetzt her? – Oh, Geiranger, wunderbar, ja? Ja, sie ist auch Tourist hier. Hat ihren Freund besucht. Der Liebe, den Liebe ... ach nein, boyfriend! Sie lachen. Sollen sie zurück zu die Universität? Ja. In Oslo? Nein. Sie studieren in Trondheim. Ach, sie muss auch nach Trondheim. Nimmt die Autobus nach Hause, der stoppt direkt da oben, noch zwei Stunden, bis er kommt. – Ihr boyfriend? Sie legt die Stirn in düstere Falten und klärt über den vorausgegangenen Streit auf. Vorbei, finito. Die beiden drücken ihre Anteilnahme aus.

Der mit dem Zopf untersucht eine verspätete Mücke, die sich auf seinem Handrücken niedergelassen hat. Pustet sie vorsichtig weg und isst weiter. Kein Zweifel, es handelt sich um einen klassischen Softie. Sie bleibt stehen, wippt auf den Zehenspitzen auf und ab und wartet auf eine Einladung.

Die nicht erfolgt. Sie kauen und schmatzen, trinken Kaffee und nicken ihr freundlich zu. Ungeduldig tritt sie von einem Bein aufs andere. Herrgott, was für senile Typen! Trotzdem – sie muss mit ihnen fahren. Spult irgendein unsinniges Konversationsprogramm ab, lädt sich schließlich selbst ein. Mitfahren? Na klar, gerne. Die beiden wechseln einen Blick. Hilke ist alles egal, sie hat ihr Ziel erreicht. Sie wollen nach Trondheim, sie will nach Trondheim. Perfekt.

Die Mahlzeit ist beendet. Die Pappteller landen im Abfall, Lebensmittel werden verstaut und mindestens anderthalb Tassen Kaffee weggeschüttet. Hilke verzieht das Gesicht. Dieser Rest wäre für sie ein Geschenk des Himmels gewesen.

Sie kriechen in den Wagen. Sie soll ganz außen sitzen. Gott sei Dank, dann bleibt es ihr erspart, zwischen deutscher Gastfreundschaft eingeklemmt zu werden. Der Volkswagen lässt holpernd die «Genügsamkeit» hinter sich, kommt mit quietschenden Reifen vor einem Bus zum Stehen – ist das ihr Bus? Nein, nein, der kommt erst in zwei Stunden. Ein Schulterzucken und sie sind unterwegs.

15

Die Meilen ziehen dahin. Im Auto herrscht Schweigen. Ein paar obligatorische Fragen an sie, gefolgt von obligatorischen Antworten. Dann wieder Schweigen. Die beiden reden nicht viel miteinander, nur ab und an fallen knappe Bemerkungen, von denen sie nicht das Geringste versteht. Die fragen sich wohl, wie viel Deutsch sie kann. Hilke hat keine Lust zu reden, sie ist müde. Die Wärme im Auto und das monotone Brummen des Motors wirken wie eine nette, beruhigende Gutenachtgeschichte. Sie hält krampfhaft die Augen offen und starrt in die Landschaft, um nicht einzuschlafen.

In einer scharfen Kurve wird die Holzfällerjacke gegen sie geschleudert. Er murmelt ein rasches «'tschuldigung» und rückt verdächtig weit von ihr ab. Riecht sie so abstoßend? Hilke registriert, dass das Schweigen neben ihr plötzlich angestrengt wirkt. Aber sie ist zu müde, um ihre Aufmerksamkeit dorthin zu lenken.

Sie fahren an Fjorden entlang, über Landengen, weiter an endlos sich dehnenden Fjordarmen vorbei, dicht neben steil abfallenden Berghängen, auf kurvenreichen, teils überdachten Straßen, die in Schwindel erregende Höhen führen, dann wieder tief nach unten, schmal und gedrängt, typisch westnorwegisch das Ganze.

Sie hat Lust, ihnen von dieser Panoramastrecke zu erzählen, die nur zu dem Zweck angelegt wurde, aussichtshungrigen Besatzern den Traum von der «Freiheit in den Bergen» zu erfüllen. Aber nein, es ist wohl besser, die Klappe zu halten, die Jungs waren 1940–45 noch nicht mal geboren und jetzt sicher wenig geneigt, eine kollektive Schuld für die Taten ihrer Vorväter auf sich zu nehmen. Die wirken außerdem sauer genug, sie will sie nicht unnötig provozieren.

Dann taucht plötzlich weit unter ihnen die Stelle auf, für die der liebe Gott Überstunden gemacht haben muss. Die Himmelsleiter, die sie hinauffahren, führt wieder hinunter bis aufs Niveau vom Meeresspiegel. Und da liegt der Industrieort, von den Bergen ringsum wie in einem Kessel eingeklemmt, mit einem Deckel darauf. Den Deckel kann man eher riechen denn sehen, schließlich hat man in die Reinigungsanlage Millionen investiert. Es riecht trotzdem noch. Renommierstück und Nachkriegsoptimismus, es riecht nach trockenen Flussbetten und mobiler Arbeitskraft. Doch am stärksten schlägt der Geruch von Stechuhren und Arbeitstieren durch, ein ehrlicher, beißender Schweißgeruch. Wenn du ihn tief einsaugst, erkennst du vielleicht das flüchtige Aroma wohlduftenden Überflussnektars. Irgendwie. Aber dafür musst du eine verdammt gute Nase haben.

Der Fahrer schaltet vom dritten in den zweiten Gang. Hilke bemerkt eine Hand, die flüchtig über einen Oberschenkel streicht, etwas zu lang, um zufällig sein zu können. Es dauert einen Moment, bis Hilkes schläfriges Hirn kapiert. Kein Wunder, dass ihre Gastgeber so sauer und zugeknöpft wirken. Sie ist mitten ins Fettnäpfchen getreten und hat sich in eine Liebesbeziehung gedrängt. So ergeht es Leuten, die gelernt haben, schwarzweiß zu denken, Debet und Kredit. Hier sitzen nämlich zwei Kredite. Sie sind verliebt und könnten in Ruhe miteinander turteln, wenn nicht sie dasäße wie ein bürgerlicher Zeigefinger. Meine Güte, tut euch keinen Zwang an, sie ist nun wirklich alles andere als ein Spießer und Moralapostel.

Das Auto rollt bergab, fährt in einen Tunnel. Sie schließt die Augen, um den beiden noch etwas mehr Dunkelheit zu gönnen. Dann sind sie unten auf der Sandbank. Ein breiter Streifen Landschaft, in jahrtausendelanger Arbeit von einem produktiven Fluss eingeebnet. Jedes einzelne Mineralkörnchen aus dem Landesinneren hierher transportiert, mühsam von reinem, fließendem Wasser geschichtet.

Eine planierte und entwässerte Landschaft, Ola Nordmann großzügig zum Bewirtschaften überlassen. Aber Klein-Ola spielte im Bach, baute Staudämme. Sah an den steilen Felswänden hinauf, von denen sich das Wasser in verschwenderischen Massen herunterstürzte. Lille-Ola graute es angesichts dieses Leichtsinns, er baute größere Dämme und Rohre und wurde nach und nach ein Prominenter an der Aluminiumfront. Ein Prominenter mit teuren Gewohnheiten und teuren Freunden. Klein-Ola ist ein Mann des Fortschritts, der baut und baut und baut. Den Segen der Erde kann man schließlich im Geschäft kaufen.

Hilke konnte diesen Ort nicht ausstehen. Was von Natur aus als riesiges, fruchtbares Treibhaus vorgesehen war, hatte man zu einer chaotischen, halburbanen Wüste gemacht.

Die Studenten hatten inzwischen wieder Kaffeedurst bekommen. Sie wollten unbedingt «eine Tasse Kaffee» haben. Jawohl, das wollte sie auch unbedingt. Aber was half's, sie war blank. Immerhin bestand die leider sehr vage Hoffnung, dass sie ihr einen ausgeben würden. Ihre Lust auf heißen, starken Kaffee wuchs ins Unermessliche, ihr ganzer Körper schrie förmlich danach. Den Geruch, der ihr als Kind jedes Mal in die Nase gestiegen war, wenn sie an den Lüftungsrohren der Jahva-Kaffeebrennerei vorbeigekommen war, würde sie nie vergessen. Wie eine Faust aus der Welt der Erwachsenen traf er sie, sündhaft süßlich. Er roch nach Autorität und Macht, nach all dem, was Kinder nicht haben. Übrigens war es eher unwahrscheinlich, dass sich der Körper mit Kaffee zufrieden geben würde. Wenn sie jemals ohne Vorbehalt Pillen schlucken würde, dann hier und heute. Körper und Seele litten zweistimmig. Die Seele ließ sich mit ein paar Tricks manipulieren, doch der Körper lag außerhalb ihres Einflussbereichs. Der tat weh. Überall. Ununterbrochen. Als sie vor einer Gaststätte vorfuhren, hörte sie ihre Stimme fragen, ob sie vielleicht Kopfschmerztabletten dabei hätten. Sie fasste sich an die Stirn und stöhnte. Sie hatten. Die Holzfällerjacke nahm ein langes, schmales Röhrchen vom Armaturenbrett, gefüllt mit weißen Kügelchen – seine Menstruationstabletten? Sie grinste idiotisch vor sich hin, hielt eine Hand auf und klopfte mit der anderen auf das Röhrchen, sodass ziemlich viele Tabletten auf einmal herausrollten. «Oh!», stieß er überrascht aus und wollte einige zurücknehmen. Hilke kam ihm zuvor, blitzschnell steckte sie eine Hälfte in den Mund und die andere in die Hosentasche. Er starrte sie an. Sie starrte zurück. In fremde Augen, deren Blick allmählich von Ärger zu Mitleid wechselte. Glotz du nur, du Heini, du kannst lange warten, bis ich den Blick niederschlage wegen dieses Diebstahls, im Gegenteil, es war die beste Aktion dieses Tages, etwas gegen die Schmerzen zu organisieren. Glaub doch, was du willst, es ist mir egal. Aber seine Augen scheinen irgendwie an gar nichts zu glauben, sie sehen nur traurig aus. Ihretwegen? Sie hat keine Ahnung, murmelt «sorry» vor sich hin und wendet sich ab.

Sie betreten die Gaststätte, Hilke hinterher. Legt die Plastiktüte mit den Klorollen unter einem Stuhl ab und setzt sich. Die Studenten kaufen Kaffee. Stehen hinten am Tresen und flüstern aufgeregt miteinander. Diskutieren sie vielleicht über eine Tasse Kaffee für Hilke? Von wegen, da kommen sie, jeder seine Tasse balancierend. Große Becher mit dampfend heißem Kaffee plus Zuckerstückchen, untouched by human hands, auf einer Untertasse. Sie murmelt etwas von WC und schließt sich in eine Kabine ein, bevor sie in Tränen ausbricht. Gott, wie enttäuscht sie war. Sie muss etwas Wasser trinken, um die letzten Tablettenreste runterzuspülen. Dankbar spürt Hilke die Wirkung, ihren Schmerzen ist die Spitze genommen. Aufmunternd lächelt sie ihrem Spiegelbild entgegen und geht zurück ins Lokal.

Sie sitzen nicht mehr dort. Die Tassen stehen unberührt und dampfend auf dem Tisch. Hilke lässt sich auf einen Stuhl fallen und hält sich kichernd die Hand vor den Mund. Die Lust hat sie überwältigt und sie haben sich aufs Männerklo verzogen! Wie bequem! Wie sie es dort wohl trieben? Im Stehen? Im Sitzen? Egal, sollte nicht ihr Problem sein. Sie kam sich vor wie eine Voyeurin. An ihrer Albernheit konnte nur der Kaffeedampf schuld sein, der ihr in der Nase kitzelte. Ob sie einen Schluck nehmen sollte? Mit einem raschen Blick durchs Lokal vergewisserte sie sich, dass niemand hinsah, wollte gerade einen Becher an den Mund führen, als sie aus dem Fenster blickte und stutzte. Das Auto – um Himmels willen, wo war das Auto? Es war weg, wahrscheinlich gestohlen. Idiotin, von wegen gestohlen! Man hatte sie sitzen lassen! Sie waren abgehauen. Weitergefahren, ohne sie. Sie setzt den Becher wieder ab, um in Ruhe nachzudenken, aber der einzige klare Gedanke, den sie fassen kann, gilt der Tatsache, dass ihr jetzt beide Kaffeeportionen zur Verfügung stehen. Gierig schlürft sie die Becher leer, zerkaut die Zuckerklümpchen, den kritischen Blick der Serviererin ignorierend.

Nach dieser Sitzung fühlt sie sich ausgelassen wie ein junges Fohlen. Probleme? Sie? Keinesfalls. Von neuer Energie durchströmt, springt sie auf, rennt gegen die Glastür, entschuldigt sich und läuft auf die rechte Straßenseite. Jetzt wird getrampt! Mit übertriebenen Gesten stoppt sie einen Laster, lang und hoch wie ein Zug. Ein Fernfahrergesicht zeigt sich am offenen Fenster, abwartend. Kann ich mitfahren? Auweia, wie schrill ihre Stimme klingt. Ein breites Grinsen bedeutet ihr, dass alle Frauen willkommen sind. Solange sie weder Tripper noch ihre Tage haben. Es ist, als ob man mit einer Nadel in einen Luftballon sticht. Doch bevor sie endgültig zusammenschrumpft, schleudert sie der Visage da oben noch ein «blödes Arschloch» entgegen. Er schnalzt mit der Zunge, jagt den Motor auf Hochtouren, dreht laut Musik auf und verschwindet mit einem Dröhnen. Ihr Selbstvertrauen liegt vor ihr in Schutt und Asche. Mit hängenden Schultern stapft sie los, weg von der Zivilisation.

Aber die Zivilisation ist zählebig. Als sie an Geschäften und Tankstellen, Kirchen und Kinos vorbei ist, liegt eine endlose Reihe brauner, mit staatlichen Baudarlehen finanzierter Häuser vor ihr. Sie hat das Gefühl, dass alle Bewohner hinter den Fenstern stehen und sie anstarren. Sich morgen und nächste Woche noch gut an sie erinnern, sie gut beschreiben können, hundert Augenpaare. Hilke bleibt abrupt stehen. Es hat keinen Sinn, dieses Monster hier zu Fuß bewältigen zu wollen. Sie muss einen verdammt widerwilligen Daumen ausstrecken.

Personenwagen? Intimes Beieinander in tiefen Polstern und zurückklappbaren Lehnen? Ein netter Plausch mit irgendeinem wildfremden Menschen? Allein bei dem Gedanken bricht ihr der Schweiß aus. Lastwagen und größere Autos sind die Lösung. Mit reichlich Luft zwischen ihr und dem Fahrer. Am liebsten wäre ihr natürlich eine Frau am Steuer, eine starke, zupackende Trailerkönigin, die Arbeit und Privatvergnügen trennt. Vergiss es, die kommen so häufig vor wie Schnee in der Sahara.

Ein Bus fährt vorbei. Blau und grau, NSB-Bus. Den könnte sie anhalten. Ein staatlicher Bus, und «der Staat, das sind wir», also gehört er auch ihr. Und wer braucht schon einen Fahrschein für das eigene Fortbewegungsmittel? Sie lacht beim Gedanken an das Gesicht des Busfahrers, wenn sie ihm diese Theorie verklickerte.

Ein Moped knattert vorbei. Der Fahrer gibt Vollgas, versunken in Coca-Cola-Tagträume von the Easy Way of Living, blank glänzendes Metall, grölende Pferdestärken, Mädchen, Jeans, Sonnenuntergang über dem schimmernden Highway, Muskeln, Männlichkeit und the Real Thing – Coke. Das Moped hustet asthmatisch von dannen.

Es kommen einige kleine Privatautos vorbei. Dann endlich ein Roadbraker. Sie lässt den Daumen raushängen und sieht, dass er bremst. Another go. Ein männlicher Fahrer, klar. Ja doch, er und seine Ladung müssen Richtung Norden, nach Trondheim. Ein bisschen Gesellschaft kann nicht schaden. Das sagt er, ohne dass sich sein Blick verändert, und Hilke klettert hinein. Sein restlicher Körper ist wie der zweite Weihnachtsfeiertag – fett und überfressen. Sie entspannt sich, sieht sich im Führerhaus um. Ihr Blick fällt auf ein Foto am Armaturenbrett. Da schau her, eine neue Variante, anstatt Pin-up-Girls die Nachkommenschaft mit Teddybär. Ein freundlich dreinblickender Knirps. Ein unübertroffener Apostel im Dienste der Verkehrssicherheit, versichert der Fahrer, als er bemerkt, dass Hilke das Bild seines Sohnes fixiert. Jedes Mal, wenn Papa ein Schild übersieht, rufen ihn diese Kinderaugen zur Besinnung. Jedes Mal, wenn er müde ist und eine Pause braucht, sind dieselben Augen wieder da – und er macht die Pause. Hilke hört fasziniert zu, als er mit der Erklärung seiner Lebensweisheiten fortfährt. Fahrer, die Titten und Schenkel aufhängen, erweisen sich selbst einen Bärendienst. Sie geilen sich auf und haben nur einen Gedanken, nämlich so schnell wie möglich nach Hause zu Frau oder Freundin zu kommen. Und mit welchem Ergebnis? Er will gar nicht davon sprechen. Er hat eine Menge Kumpels, die eigentlich gar nicht mehr leben dürften, so saumäßig, wie die fahren. Hilke hat ihre eigene Theorie zu dieser Sache. Diese aufgeklebten Fleischgalerien sind für die Jungs doch genauso selbstverständlich wie das übrige Inventar. Die nehmen ihre Anwesenheit doch kaum noch wahr. Aber sie hält sich zurück und lässt ihn erzählen. Was er auch ausgiebig tut. Sein Redestrom wird nur gelegentlich von ein paar Einwürfen ihrerseits unterbrochen. Hilke ist dankbar. Lehnt sich entspannt zurück und hört nur mit einem Ohr hin. Dennoch, nach einer Weile wird er neugierig und stellt Fragen. Sie liefert ihm eine Geschichte, die ihm zu gefallen scheint, denn er reicht ihr eine Tafel Schokolade. Lieber, guter Teddybär, von deiner Sorte sollte es mehr geben auf der Welt. Tränen steigen ihr in die Augen beim Anblick der Schokoladensorte, eine ganze Tafel Bergene Melk, leckere, zarte norwegische Natur. Mit Kleewiesen und Holzhütten, engelsgesichtigen Mädchen in Trachtenkleidung zwischen Fjord und Fjell und jeder Menge blauem Himmel. The Norwegian Way of Life – zergeht auf der Zunge, Bissen für Bissen – hmm! Sie ist dabei so andächtig wie die Gläubigen beim Verzehr des heiligen Abendmahls.

16

Das Tal erstreckt sich ins Endlose und der Weg ist weit. Norwegen ist ein langes Land und voller Kurven. Sie kriechen die Gråura herauf. Sie sitzt erhöht und luftig, während sie in die Hölle hinabstarrt. Dort brodelt und kocht es in einem ewigen Strudel. Wild und ungebändigt tanzt der Fluss durch ein schulbuchmäßiges V-Tal, unwegsames Gebirge auf der anderen Seite. Und es gibt nur eine Transportmöglichkeit, sei es für Personen oder Güter: eine Drahtseilbahn über Schwindel erregenden Abgründen. Aber immerhin läuft man in dieser Gegend nicht ständig Gefahr, an der U-Bahn-Station eins über die Birne zu kriegen oder auf dem Nachhauseweg vom Nähkurs überfallen und ausgeraubt zu werden. Fragt sich also, wer hier verrückt ist.

Hilke leckt sich die letzten Schokoladenreste von den Fingern und kämpft gegen die Müdigkeit an. Es ist warm in dem Führerhaus, der Motor schnurrt wie eine Katze am Ofen und ihr Gesellschafter ist verstummt.

Sie will nicht einschlafen, kann unmöglich zulassen, auch nur eine Sekunde lang die Kontrolle zu verlieren. Spürt, wie sie in watteweiche Wolken nach hinten fällt, fällt und fällt und niemals unten ankommt. Immer wieder dämmert sie weg, schläft ein, wird wieder wach, jedes Mal müder.

Er bemerkt es, tadelt ihren Freund, der sie wohl nur vom Schlafen abhalte, wenn sie zu Besuch sei. Hilke lächelt matt und nickt wieder ein. Wird von einer Sekunde zur anderen hellwach durch ein Klicken, hört unter halb geschlossenen Lidern, wie er eine Kassette in den Rekorder schiebt. Heraus plärrt die schlimmste

Musik, die sie sich vorstellen kann – Country & Western. Ein unsägliches Geflenne vom poooor lonesome cowboy and five hundred miles away und herrjemine – ob sie das jetzt über zwanzig Meilen lang ertragen muss? Sie umrunden Oppdal mit Country-Gedudel, weiter runter in Richtung Berkåk nach Sketer Davis. Er drückt zweimal auf die Hupe, als sie am Stammcafé für kaffeedurstige Fernfahrer mit Harndrang vorbeifahren. Da stehen sie in einer Reihe, fünf, sechs Laster mit Michelin-Männchen und Pin-ups als Galionsfiguren und «Ohne das Auto bewegt sich nichts in unserem Land»-Plaketten. Eine amüsante Behauptung. Was war denn mit Norwegen, bevor es das Auto gab? Es bewegte sich nichts, klar. Alles stand still. Und so ist es auch heute noch. Nein, diese Gedanken jetzt bloß nicht weiterverfolgen – bestimmt haben sie Recht. Ohne unser Land bewegt sich das Auto nicht. Um des lieben Friedens willen.

Nach der Country-Lady übernimmt Bobby Bare und besingt, in Nostalgie verfallend, die sorglose Kindheit, blökend wie ein Schaf. Hilke erschauert. Unten im Sokntal finden sie in einem Duett zueinander. Dank der Geräuschkulisse hat Hilke mittlerweile keine Probleme mehr, sich wach zu halten, verzweifelt hält sie dem Fahrer eine Abba-Kassette vor die Nase. Abba ist das kleinere musikalische Übel, findet sie. Er leider nicht, und so schwindet ihre Hoffnung.

«Die hier ist besser», meint er und legt eine Vidarlønn-Arnesen-Aufnahme ein, direkt vom Fernseher überspielt, norwegische Künstler und so, das müsse sie sich anhören! Irgendein Norweger ist five hundred miles away from home. Soso, wenn der Typ in Molde wohnt, muss er sich also, grob gerechnet, auf der Höhe von Trondheim befinden. Und was ist daran so tragisch? Trondheim ist doch ganz nett. Infantiler Meckerfritze. Hilke bemerkt, dass die Wirkung der Tabletten nachlässt, holt ein paar aus der Tasche, wirft sie ein und schluckt sie krampfhaft hinunter. Ihre Kehle ist trocken. Die Tabletten kämpfen sich ihren Weg durch die Speiseröhre.

Was soll sie eigentlich machen, wenn sie in der Stadt ist? Sie geht im Geist ihre Freunde durch, einen nach dem anderen, hakt die meisten ab – Studienfreunde, Taucherfreunde, Kantinenbekanntschaften und Samstagnachmittag-Bier-Gemeinschaften. Da bleibt kaum jemand übrig. Tinka hat standesgemäß geheiratet und inzwischen Probleme mit den Nerven, Synnøve ist die ewig Hilfsbereite, kann aber leider nichts für sich behalten. Åge, Karl, Finn. Ja, was ist eigentlich mit Finn?

Finn. Sie hatte ihm mit body & soul zur Seite gestanden, als er frisch geschieden und frustriert war. Sie war seine tägliche Dosis Therapie gewesen. Der dringende Verdacht, es mit einem Menschen zu tun zu haben, der hoffnungslos in Schwierigkeiten steckte, hatte sie in die vielleicht merkwürdigste Rolle ihres bisherigen Lebens gebracht. Nämlich in die der Therapeutin mit eindeutiger Sympathie für seine geschiedene Frau. Als Ehemann war er anscheinend ein echter Scheißkerl. Verwöhnt von Mutter und Schwestern, Tanten und Geliebten. Völlig ungeeignet für eine Partnerschaft. Aber energisch und erfolgreich in Beruf und Hobby. Ingenieurausbildung an der Technischen Hochschule in Trondheim, freier Mitarbeiter bei diversen Männerzeitschriften und für Tageszeitungen, die seinen journalistischen Spürsinn zu schätzen wussten. Seine unbeirrbar zur Schau getragene, selbstgerechte, erzkonservative Männlichkeit hatte sie dermaßen provoziert, dass sie sich eine Zeit lang seine Bekehrung zur Lebensaufgabe gemacht hatte. Schaffte sie es nicht, etwas Menschenähnliches aus ihm zu machen, würde sie an der Welt verzweifeln. Von dieser Sache hingen die Zukunft der Menschenwürde und Emanzipation ab. So hatte sie empfunden.

Nach einem Monat war sie völlig erschöpft vom ständigen Argumentieren und Manipulieren, ausgelaugt von dem Versuch, dass er vielleicht ein einziges Mal weiter als bis knapp unter seinen schönen Nabel sah. Sie verfolgte eine strenge Linie, arbeitete mit gängigen psychologischen Methoden wie Belohnen und Strafen. Von Psychologie hatte er nicht die leiseste Ahnung. Sein Gefühlsleben war simpel und leicht durchschaubar, auf die Gegensätze Lust/Unlust, Wohl-/Unwohlsein reduziert. Sie versuchte, ihn auf Zwischentöne hin zum Nachdenken anzuregen, selbstverständliche Muster infrage zu stellen.

Eine schweißtreibende Angelegenheit war das gewesen. Bei der sie selbst immerhin dazugelernt hatte. Machtkampf? Nein, eher ein Kampf um Werte. Wessen Werte gewannen? Nach einer Artikelserie zu urteilen, die zum vorjährigen Buchherbst erschienen war und in der er über die Unterrepräsentation der Frauen auf dem Buchmarkt klagte, sah es so aus, als dächte er in neuen Bahnen. Aber vielleicht war das reinster Opportunismus, eine wohl überlegte PR-Maßnahme, um sich als Sprachrohr einer Minorität interessant zu machen?

Seine Artikel, die sie in der Regenbogenpresse gelesen hatte, schäumten über vor Eifer und Kampfgeist; andere wieder, die ein technisches Problem zum Thema hatten, waren in entsetzlich blutleerer Computersprache verfasst, gerichtet an Männer, für die Essen input und Scheiße output war. Am meisten hatte ihr allerdings imponiert, wie er einen hochkarätigen Betrugsskandal aufdeckte, obwohl er sich damit eine Menge Feinde einhandelte. Er sei seinen eigenen Leuten in den Rücken gefallen, warf man ihm vor. Für sie waren seine Artikel ein Hoffnungsschimmer in einer ansonsten korrupten Männerwelt.

Als sie sich trennten, waren sie beide am Ende. Sie hatten sich gegenseitig die Luft zum Atmen genommen, so eng hatten sie zusammengelebt. Sie mussten weg voneinander, Abstand gewinnen von der vielleicht intensivsten Phase ihres Lebens.

War Finn die Rettung? Würde er ihr eine kurze Verschnaufpause gönnen und ihr dann dabei helfen, der Polizei glaubwürdig ihren Fall zu schildern? Sodass die Flucht vor ihren Verfolgern endlich ein Ende fände? Könnte er das Missverständnis aus der Welt räumen, dass sie tot auf dem Meeresgrund lag? Ja, er konnte, wenn er nur wollte. Doch sie wusste, wie rücksichtslos er unter Umständen war, wenn es darum ging, als erster eine heiße Story zu bringen. Revolverjournalist, infamer Schnüffler, unmoralischer Ausbeuter, ja doch, man hatte ihn schon mit einer Vielzahl von Kosenamen bedacht. Was also, wenn er die Sensation publik machte? Dann wüssten sie, wo sie sich befand, und der Sensenmann heftete sich wieder an ihre Fersen. In Trondheim unterzutauchen dürfte schwierig sein. Leben und Milieu dieser Stadt spielten sich eher überirdisch ab. Zumindest in den Kreisen, in denen sie verkehrte.

Was war mit der Polizei? Würde die ihm keinen Maulkorb verpassen?

Und was geschah mit ihr? Ob man sie in Gewahrsam nehmen würde, wo sie gegen vier kahle Wände starren müsste, der eigenen Sicherheit wegen? Hilke schwitzte, kalten, säuerlichen Schweiß. Ihr Blick fiel auf ein Straßenschild. «Trondheim» stand darauf. Sie richtete sich in ihrem Sitz auf und sah aus dem Fenster. Große, flache Kornfelder, so weit das Auge reichte. Einige waren gemäht, andere nicht. Ein Teil war zertrampelt vom Wetterdienst für Westnorwegen, freigebig wie immer mit Regen und Wind für die Trønder. Wieder ein Schild – noch 16 km bis zur Stadt. Zunächst Heimdal. Die E 6 schlängelt sich über Moor- und Lehmgebiete – das Leben ist kein Spaß, Karl.

Und da lag die Stadt. Der Fahrer seufzte tief, was Hilke als Ausdruck von Sehnsucht deutete. Er wollte zum Hafen, würde durch die Stadt fahren. Glück gehabt, also musste sie nicht auf der Umgehungsstraße aussteigen und zu Fuß runter zu Finn gehen. Er wohnte in einem Hochhaus, in der zehnten Etage mit Aussicht über Gløshaugen mit der Technischen Hochschule und Byåsen im Westen der Stadt. Doch, bei Finn würde sie es versuchen. Irgendwo war auch er ein anständiger Mensch. Ach, vergiss es.

Sie stieg aus, bedankte sich nett und schlug die Tür zur Country- & Western-Welt da drin zu.

17

Herbst in der Stadt, Herbst in Trondheim. Sie sog den Geruch von Laub und Regen, Abgasen und Straßenbahnen ein. Und den der Menschen. Menschen, deren Nähe ihr früher immer ein Gefühl von Sicherheit gegeben hatte. Die Menschen waren da, das Gefühl war verschwunden. Und wenn sie nun jemand traf, den sie kannte! Darüber hatte sie noch gar nicht nachgedacht. Sie musste sich beeilen. Atemlos erreichte sie den Wohnblock, eilte hinein und nahm den Aufzug nach oben. Niemand hielt ihn an, stieg unterwegs zu. Zehnte Etage, da war seine Wohnungstür. Ihr Finger lag schon an der Klingel, als sie ein Gedanke durchzuckte: Und wenn er nun Besuch hatte oder sogar einen Mitbewohner? Vielleicht saß gerade seine komplette Verwandtschaft im Wohnzimmer. Sie lauschte. Stille. Kein Anzeichen für eine gesellige Runde. Mucksmäuschenstill. Eins, zwei, drei – sie zählte bis zehn und klingelte. Versuchte, ruhig zu atmen, ein, aus, ganz entspannt jetzt. Sie wollte ihn nicht aus seiner gemütlichen Sonntagsstimmung reißen. Setz das «Hallo, alter Kumpel»-Gesicht auf. Der alte Freund ließ ziemlich lange auf sich warten. Sie drückte noch einmal auf den weißen Plastikknopf, etwas länger, als es die Höflichkeit zuließ. Keine Schritte von drinnen, kein ärgerliches «Ja doch, ich komm ja schon». Nichts, absolut nichts. Nur zehn Etagen mit Echo im Treppenhaus. Zwei Treppen pro Etage, sieben Stufen pro Treppe, einhundertvierzig Stufen mit einhundertvierzig hoffnungslosen, dumpfen Trittgeräuschen beim Hinuntergehen. Nein, sie würde nicht hinuntergehen, auch nicht mit dem Aufzug fahren. Sie würde warten. Hier war sie sicherer aufgehoben als auf der Straße. Und jetzt noch von Tür zu Tür zu rennen in der Hoffnung, einen Freund zu Hause anzutreffen, ging schlicht und einfach über ihre Kräfte.

Hilke setzte sich auf die Treppe, die zu einer Speichertür führte. Die Tür weckte ihre Neugier, sie ging hinauf, versuchte vergeblich, sie zu öffnen, und setzte sich wieder. Starrte regungslos gegen die Wand, eine grauweiße Wand mit Wasserflecken oben und unten. Sie stand in scharfem Kontrast zu Finns «My home is my castle»-Türmatte. Solide, dicke Qualitätsarbeit. Besonders dick durch die darunter liegende Sandschicht. Immerhin war das ein Hinweis darauf, dass er sich keine ewig putzende Mutterfigur zugelegt hatte. Gott sei's gedankt.

Der Fahrstuhl setzte sich mit einem knarrenden Geräusch in Bewegung. Sie zuckte zusammen, verfolgte ihn bis zum Erdgeschoss. Ein Rumpeln und Rasseln und er befand sich wieder auf dem Weg nach oben, langsam Etage für Etage passierend. Eine wohl bekannte Angst befiel sie. In Lauerstellung wartete sie ab, bereit, aufzuspringen und die Flucht über die Treppe zu ergreifen. Aber nein, er hielt eine Etage tiefer. Stimmen tauchten auf und verschwanden wieder.

Sie sank auf die Stufe zurück, eine kalte, schwarzweiß gesprenkelte Steinstufe. Lehnte den Kopf gegen die Wand und wartete. Ihr Körper verharrte bewegungslos, doch ihre Sinne waren hellwach, ihre Ohren registrierten Laute, die nicht bis zu ihrem Bewusstsein vordrangen. Einmal kam der Aufzug ganz nach oben. Sie hatte sich schon auf die neunte Etage zurückgezogen. Schleppende Schritte, ein leiser Seufzer, das Klicken eines Schlosses, das Knallen einer Tür – und wieder war ein alter Mensch in seinen vier Wänden geborgen. Eine Spülung wurde betätigt, Wasser rauschte zehn Etagen in die Tiefe.

Plötzlich erklingen mehrere Stimmen, der Aufzug kracht und setzt sich in Gang, trampelnde Schritte im Treppenhaus. Albtraum. Ein Warte-Albtraum. Sie will aufstehen und weggehen, schafft es aber nicht, ihren Körper von den eiskalten Stufen zu hieven. Ihr Unterkörper ist wie versteinert, sie ist eine Grabsäule aus weißem Marmor. Das Blut zieht sich ins Innere ihres Körpers zurück, um ihre Eingeweide zu schützen. Sie spürt zwei schmerzende, geschwollene Klumpen, einen auf jeder Seite des Nabels. Es ist, als würden sie immer weiterquellen, wie ein Teig, den niemand verarbeitet. Ihre Eileiter sind zugefroren, die Gebärmutter, das Menstruationsblut, der Tampon ein Eiszapfen, Schenkel und Treppe sind aneinander fest gefroren.

Da empfangen ihre Antennen ein lautloses Lächeln, eine Öffnung mit fleckigen Zähnen, die sich die Treppe hinaufschleicht. Weiche Pfoten, Katzen, die sich satt fressen wollen, gestreifte, magere Wildkatzen mit spitzen Mäulern. Sie wird jäh aus dem Schlaf gerissen, als sie nach vorne kippt. Sie steht auf, lauscht in die Stille. Fantasiebilder, die Hirngespinste eines völlig erschöpften Kopfes. Sie sieht auf die Uhr. Time-out, mindestens. Sie muss sich was anderes überlegen.

Toller Freund, der sich irgendwo rumtreibt, wenn sie ihn dringend braucht – ein Paradebeispiel für Treulosigkeit. Sie nimmt den Aufzug nach unten, inständig hoffend, dass er unterwegs nicht angehalten wird. Dann verlässt sie das ungastliche Gebäude.

18

Die Stadt ist ein einziges Lichtermeer aus bläulich-violettem Varieté-Licht, gedämpften Gelbtönen – eine bunte Mischung. Offensichtlich hatte man Entscheidungsschwierigkeiten beim Straßenbauamt.

Eins, zwei, eins, zwei – jeder Schritt ist kurz und schmerzhaft. Die Straße kalt und feindselig, in einer kalten, feindseligen, beschissenen Stadt. Männer bewegen sich an ihr vorbei. Neu angekommene Studenten mit weichem Flaum auf der Oberlippe und Hoffnung im Blick, ältere mit schmucken Bärten und Palästinensertüchern. Frauen mit verwirrend ähnlichem Äußerem: Glattes langes Haar, bestickte Westen und Schals, Jeans. Hilke sieht sich um. Ja, sicher, hier ist das Universitätsgebäude, rund und rot und voll von grenzüberschreitenden Aktivitäten. Hier hat sie selbst der Wahrheit nachgespürt, immer wieder.

Merkwürdig, die Studenten sahen so jung und zerbrechlich aus. Tia, Mutti, you're growing old.

Die Atmosphäre, die sie im «Pub'en» antraf, war dagegen ziemlich «erwachsen», zumindest was den dichten Qualmvorhang betraf. Es lebe die Anti-Raucher-Kampagne, die in allen Schulen durchgeführt worden war. Hier wurde ihr Versagen mehr als sichtbar. Ob sie sich durch die Nebelwand kämpfen sollte, um nach Bekannten zu forschen? Irgendwo dahinter saß bestimmt der eine oder andere.

Welche Informationen waren im Radio durchgegeben worden, was wussten die Leute über Utvær? Die Garderobenaufsicht war neu, ein enormer Oberkörper, wie ei-

115

ner Bodybuilding-Zeitschrift entsprungen. Grotesker Anblick.

Sie ging aufs Klo, schloss die Tür ab und setzte sich auf die Schüssel. Warm, herrlich warm. Der alte, abgeblätterte Heizkörper strahlte wohlige Wärme aus, zuverlässig im Einsatz, Sommer wie Winter. Sie schmiegte ihren Rücken an ihn – wunderbar.

Ein zerschlissenes Plakat in Rot und Weiß informierte über das Krisenzenter für misshandelte und vergewaltigte Frauen. Adresse und Telefonnummer.

Sie liest noch einmal. Ihre Augen verfolgen automatisch die Linien, aber die Sehnerven scheinen keine Informationen mehr weiterleiten zu können. Dann endlich erreicht die Botschaft den Empfänger. Sie muss lachen, laut und immer heftiger, bis sie eine Frauenstimme von draußen hört, die etwas von einem spannenden Trip brabbelt. Na klar, und ob sie einen spannenden Trip hatte! Plötzlich wurde es still draußen. Herrgott, wenn sie sich weiter so aufführte, würde man sie noch wegen Verdachts auf Drogenmissbrauch festnehmen. Vielleicht holen die beiden Hühner da draußen jetzt gerade Arne Huuse & Co. Als Hilke hektisch aus der Kabine stürzt, läuft sie direkt in die Arme einer Zufallsbekanntschaft. «Hei», sagt die Frau mit dem Typen im Schlepptau. Hilke erwidert den Gruß und verlässt das Lokal.

Vergewaltigte und misshandelte Frauen – das musste wohl ein Sammelbegriff sein. Gut-dass-es-das-gibt-aber-mir-passiert-so-was-nicht war nun doch Realität geworden, hatte von ihr Besitz ergriffen, sie beschmutzt. Jetzt hat sie ein Ziel. Sie muss dorthin. Dann wird alles besser. Sie kennt die Adresse, findet den Weg, steigt die ausgetretene Treppe hinauf. Alle Stufen führen nach oben. Wird sie für immer hier bleiben? Egal. Sie klingelt, kommt hinein, sieht die Frauen und Kinder, freundliche Wände mit Kinderzeichnungen, Unordnung und Kaffeeduft, Spiel und Unterhaltung. Doch plötzlich bricht alles über ihr zusammen, es scheint ihr unmöglich, jemals wieder ihrer Isolation zu entrinnen, Kontakt zu den anderen aufzunehmen, sie ist lebendig begraben.

Eine Frau kommt auf sie zu, scheint ihre Situation zu begreifen, sie fasst ihre Hand, sagt etwas von Kaffee und Tee und Ausruhen. Hilke isst Brot mit Leberwurst, trinkt heißen Kaffee, den ihr eine Frau in einem grauen Kaschmirrock, weichblauer Bluse und einer glänzenden Perlenkette kocht. Ihre Haare sind sorgfältig frisiert und schön anzusehen, sie ist sicher eine Angestellte. Behütete Oberklassehausfrau, die den Elenden der Gesellschaft hilft.

Die Frau schenkt Kaffee nach, ihre Hand zittert leicht. Hilke hebt den Kopf und sieht in Augen, die ihr älter vorkommen als alles, was sie je gesehen hat. Meine Güte, dass das möglich ist – wohlfrisierte Aufopferung mit diskreter Perlenkette und dann dieser unendlich traurige und gebrochene Blick. Hilke versucht sie anzulächeln, doch ihr Mund nimmt einen schmerzlich verzerrten Ausdruck an. Liebevolle Fürsorge liegt in jeder Geste der Fremden, Verständnis und Verzeihen. Eigenschaften, die die ganze Skala zwischen Mutter und Ehefrau abdecken. Sie fragt, ob Hilke gesättigt sei, nicht etwa satt, nein – gesättigt. Hilke nickt und hat Lust, sich auf das Sofa zu werfen, das Gesicht in die Kissen zu drücken und zu heulen wie ein Schlosshund.

Stattdessen steht sie auf und folgt der Frau, die sie begrüßt hatte. Zeit für die Nabelschau. Hilke will nicht verhört werden, nichts preisgeben, sie will nur hier übernachten dürfen. Ist ihre Lebensgeschichte die Eintrittskarte? Der Gedanke verstimmt sie. Die Frau vor ihr wird zur Feindin. Das wohlig warme Gefühl ist wie weggeblasen, werden die Frauen hier systematisch kaputtanalysiert? Was hier abläuft, ist ein Machtspiel und Hilke hat die schwächste Rolle. Die Handlung ist festgelegt, der Rahmen vorgegeben, demütigend und schrecklich, wenn auch nett ausgeschmückt in dieser Umgebung. Fangt an, sie ist bereit. Aber die Frau kennt die Spielregeln nicht, sie ist schlecht präpariert für dieses Rollenspiel. Was würden ihre Lehrmeister wohl zu diesem Dilettantismus sagen? Sie will weder die Lebensgeschichte noch den Kopf des Missetäters auf dem Silbertablett. Sie fragt nach ganz anderen Dingen, das Gespräch läuft überraschend normal an. Kein Und-wie-geht-es-uns-denn-heute-Gefasel. Hilke blickt ihr in das Gesicht. Ein menschliches Gesicht mit feinen Fältchen um Augen- und Mundwinkel. Keine wohlmeinende Expertenmiene, vor ihr sitzt eine völlig normale Frau in völlig normaler Kleidung. Ein bisschen müde vielleicht. Die Art, wie sie eine Haarsträhne aus der Stirn streicht, verrät einen langen Tag. Hilke ist versöhnt, sie wünscht sich das schläfrig warme Gefühl nach der Mahlzeit zurück.

Nein, einen Arzt braucht sie nicht. Nein, sie kann nirgends hingehen, jedenfalls nicht vor morgen. Ja, sie möchte gerne hier übernachten und ein bisschen zur Ruhe kommen. Die Konturen irgendeiner Geschichte zeigen sich. Ihrer Geschichte? Ja, warum nicht. Eigentlich sind sie sich alle ähnlich, ihre Geschichte, die der anderen.

Es ist «Hochsaison» erfährt sie, voll belegt. Ob sie sich mit dem Sofa und einer Decke im Gemeinschaftsraum begnügen könnte? Sie kann. Findet plötzlich, dass die ganze Sache eine Spur zu locker abläuft. Wenn sie nun drogenabhängig wäre – ja, was dann? Hätten sie sie dann rausschmeißen müssen, oder was meinte ihre Spießerseele? Verdienten nur die Frauen Hilfe, die einer bestimmten Opfervorstellung entsprachen, nur die «Härtefälle»? Locker? Hatte sie ein systematisches Verhör erwartet, durchgeführt von fachkundigem Personal? Wahrscheinlich hatte sie das. Vielleicht um zu rechtfertigen, dass sie hergekommen war, sich verpflegen ließ und auch noch hier übernachten wollte.

Es ist Nacht geworden, im Haus herrscht Stille. Hilke geht zur Toilette, wäscht sich die Hände und versucht, den Rest des Körpers zu vergessen. Entdeckt ein paar herumstehene Sprayflaschen und besprüht Hose und Pulli. Da bekommt der Gestank gleich einen anderen Charakter, eine gesellschaftlich eher akzeptierte Note. Dann lässt sie sich todmüde aufs Sofa fallen. Sie ist nicht alleine, zwei andere Frauen haben die Sofas in diesem Raum dem Ehebett zu Haus vorgezogen. Vielleicht hatten sie auch gar keine Wahl. Jemand löscht das Licht in ihrem Kopf und sie ist weggetreten.

19

Sie erwacht von Geräuschen. Sie dringen aus den anderen Zimmern, aus dunklen Ecken und von raschelndem Stoff auf den anderen Sofas. Und von ihr selbst. Am ehesten von ihr selbst. Die Hand, mit der sie sich den Mund verschließt, um die Laute zu unterdrücken, ist feuchtkalt. Fühlt, dass Gesicht und Haar nass geschwitzt sind. Sie tastet ihren Körper ab, stellt fest, dass sich der Plastikbeutel noch immer an der gleichen Stelle befindet und ihre Haut so wund gescheuert hat, dass sie sich kaum bewegen kann. Nur mit Mühe richtet sie sich auf. Hatte sie geträumt? Nein, keine bösen Träume. Es waren die Schmerzen, die ihr zusetzten. Hektisch sucht sie nach Tabletten. Nichts zu machen, empty box.

Aus der Dunkelheit kommt ein tiefes, unregelmäßiges Stöhnen, wie von einem gehetzten Tier kurz vor dem Kollaps. In Türnähe wird unruhiges Schnarchen laut, die Tonleiter rauf und runter. Mit wackligen Schritten geht sie zur Küche, sie braucht Wasser. Dort sitzt eine Frau blassgesichtig am Tisch und trinkt Kaffee. Dann sitzen sie gemeinsam dort, trinken und schweigen. Hellwach, ohne Hoffnung auf Schlaf, sitzen sie da, jede mit ihren Gedanken beschäftigt, die unablässig um sich selbst kreisen. Ein Teufelskreis.

Im Licht des Elektroherdes sieht Hilke, dass es fünf Uhr ist. Fünf Uhr Montagmorgen. Wann erscheinen die Zeitungen? Ob das Zenter Zeitungen abonniert hat? Sie fragt und die andere nickt bestätigend. Wann kommen die? Keine Ahnung. Sie liest längst keine Zeitungen mehr. Dort wird nur über Kriege und das Elend dieser Welt geschrieben und sie hat genug eigene Probleme am Hals, aber die Zeitung kommt wohl so gegen sechs, glaubt sie.

Hilke setzt sich ans Fenster zur Straße, starrt hinaus in die morgendliche Leere und wartet. Der Zeitungsbote kommt, schwer beladen mit Druckerschwärze, wirft ein paar Gramm davon schwungvoll in den Hauseingang und setzt seinen Weg fort. Sie schleicht sich hinunter, holt die Zeitung und schließt sich damit auf der Toilette ein. Beim Aufblättern ist sie so hektisch, dass die erste Seite zerreißt, sie überfliegt die Zeilen und bleibt an der Überschrift hängen: «Taucher in Møre umgekommen, noch einer vermisst, siehe letzte Seite.» Sie dreht die Zeitung um – Gott sei Dank, kein Foto! Das erspart ihr eine Menge Ärger. Sie liest:

«Bei einem Tauchunfall in Utvær, einem abgelegenen Fischerdorf an der Romsdalsküste, verloren zwei Menschen ihr Leben. Ein dritter Taucher wird nach wie vor vermisst. Die Umstände des Unglücks sind noch nicht vollständig geklärt. Sechs Taucher hatten ein Nachttauchen geplant, bei dem das Unglück geschah. Gegen null Uhr fuhren sie mit dem Boot zu einer Stelle, an der sie früher schon einmal getaucht hatten. Drei Personen wurden an einem Seil ins Wasser gelassen, während die restliche Gruppe im Boot wartete. Als Tauchtiefe waren 20 Meter vorgesehen. Ungefähr 20 bis 25 Minuten später beobachteten die Bootsinsassen, wie zwei der Taucher mit aufgeblasenen Rettungswesten an die Wasseroberfläche trieben, ein Hinweis auf einen Notfall. Sie wirkten leblos, als die anderen sie an Bord zogen. Sofort wurden Maßnahmen zur Wiederbelebung ergriffen. Per Funk benachrichtigte man den Bezirksarzt, der mit dem Rettungsboot von Øygaren kam. Er konnte jedoch nur noch den Tod der beiden Männer feststellen. Da weitere Wiederbelebungsversuche scheiterten, wurde der Hubschrauberrettungsdienst auf Flesland nicht informiert.

Der dritte Taucher, eine Frau, gilt noch immer als vermisst.

Das betroffene Gebiet wird von Froschmännern systematisch abgesucht. Am Samstagvormittag fand man in 20 Meter Tiefe und 40 Meter vom Boot entfernt einen Kompressor, der eindeutig zur Ausrüstung der Vermissten gehörte. Die drei Taucher an Bord sagten aus, sie hätten gehört, wie jemand in der Nähe des Bootes aufgetaucht sei. Gleich darauf hätten sie begonnen, die Wasseroberfläche mit Scheinwerfern abzusuchen. Unmittelbar danach hätten sie beobachtet, wie die zwei leblosen Körper hochgespült worden seien. Die sofort eingeleitete Suchaktion hat bisher noch zu keinem Ergebnis geführt.

Aus welchem Grund die Taucher ihre Notwesten benutzen mussten, ist zur Stunde noch unklar. Auch die Todesursache ist noch nicht eindeutig geklärt. Die Ausrüstung wurde zur näheren Untersuchung nach Håkonsvern gebracht.

Es handelt sich um das dritte Taucherunglück in diesem Jahr. Wie bereits berichtet . . .»

Sie waren tot. Geirr und Lille-Kjell waren tot. Ermordet! Eiskalt und erbarmungslos ertränkt von Wesen, die keine Menschen sein konnten. Ermordet! Hilke sackte in sich zusammen, ihre Finger gruben sich in die Oberschenkel und sie brach in Tränen aus. «Du wusstest es doch, du hast es gewusst!», wiederholte sie immer wieder. Aber sie hatte dennoch gehofft. Gehofft, dass irgendeine barmherzige Macht eingegriffen und den Wahnsinn im letzten Moment doch noch gestoppt hätte. Aber nein, es gab keine Gerechtigkeit, die diese Henker bestrafte! Eine Welle von Hass überkam sie, sie spürte, dass sie fähig war zu töten. Töten. Genau das hatte sie ja auch getan. Sie hatte getötet.

Die Gewissheit, dass sie ihre Freunde gerächt hatte, besänftigte ihren Hass. Einer der Täter war selbst zum Opfer geworden. Sie war die einzige Zeugin und wenn sie ihre Karten richtig ausspielte, müssten sie alle büßen.

Okay, Hilke – geh den Artikel noch mal sorgfältig durch. Finde heraus, wie viel sie wissen. Erstaunlicherweise enthielt der Text keine terminologischen Fehler. Der Journalist schien sich im Tauchsport auszukennen. Sie sah auf das Kürzel F.A.N. – Finn Andreas Nestlén. Finn! Er hatte sich also an die Sache gehängt und deshalb war er auch nicht zu Hause gewesen. Er war in Utvær, auf der Suche nach ihr – oder besser gesagt, nach einer Schlagzeile für die Titelseite. Es konnte allerdings tatsächlich sein, dass zumindest die Hälfte seines Journalistenherzens für sie blutete, der alten gemeinsamen Tage wegen. Wie sie ihn kannte, quartierte er sich vor Ort ein, bis der Fall entweder geklärt war oder an Aktualität eingebüßt hatte. Aber sie brauchte ihn dringend hier. In Gedanken versunken, wusch sie Gesicht und Hände, wechselte den Tampon, versuchte vergeblich, ihre Haare durchzukämmen, und rollte sich wieder auf dem Sofa zusammen.

Kurze Zeit später erwachte die Welt um sie herum. Quengelnde Kleinkinder, rauschende Wasserhähne,

Stimmen und Tassenklirren, der Duft nach Kaffee und Brei. Das Radio spielte aufmunternde Morgenmelodien, die von einer monotonen Stimme abgelöst wurden. Hilke hörte, dass Utvær erwähnt wurde, und sah sich rasch um. Niemand hörte zu, jede war mit sich selber beschäftigt. Die Musik setzte wieder ein.

Wann würde es Nelly & Co. dämmern, dass etwas mit ihrem Feriengast nicht gestimmt hatte? Vielleicht stand sie gerade in diesem Moment vor einem Foto und zeigte mit einem rot lackierten, abgeblätterten Fingernagel darauf: «Das ist sie, das ist sie!» Es würde nicht lange dauern, bis ihr sowohl die Polizei als auch ganz andere Leute auf der Spur waren. Bestimmt hatte sie unterwegs jede Menge brauchbare Hinweise hinterlassen, die ihnen die Verfolgung erleichterten. Herrgott, was sollte sie bloß tun. Finn war zu einer fixen Idee geworden. Er schwirrte durch ihren Kopf wie the Great Savior. Zur Polizei hatte sie kein Vertrauen. Die würden sie wohlmeinend in eine winzige Zelle mit einem kleinen Guckloch sperren und durch dieses Guckloch würden ihre Mörder kriechen, um sie zu quälen und zu meucheln. Der Gedanke, in eine Zelle oder ein weiß getünchtes Krankenzimmer gesperrt zu werden, war ihr unerträgliche. In letzteres könnte sich nachts ein Mörder in Arztkittel einschleichen, um ihr den Rest zu geben. Sie hatte die Situation glasklar vor Augen, aus einer dieser Filmszenen, die sich gemeinerweise für immer ins Gedächtnis einprägten.

Finn – sie musste ihn erreichen. Per Telegramm, Brief, Gedankenübertragung oder vielleicht Trommel? Bell? Guter alter Graham Bell. Drahtlos und ideal, aber leider nicht kostenlos. Sie würde jemanden fragen, ob sie das Telefon benutzen dürfe. Sie hatte eines auf dem Flur gesehen.

Sie fragte und man gewährte ihr Kredit.

Mit schweißnasser Hand ergriff sie das Telefonbuch und begann zu blättern, bis ihr auffiel, dass es nur ein örtliches war. Aber wo sollte sie überhaupt anrufen? Sie wusste schließlich noch nicht einmal, ob es in Utvær Telefon gab. Die Polizeistation in Øygaren? Ein schwarzes Diensttelefon alarmieren, Himmel und Hölle in Bewegung setzen, um Finn zu finden?

Bell war ein Idiot. Er setzte voraus, dass sich alle im selben Raum mit seiner Erfindung befanden. Hilke gab auf, resigniert und entnervt starrte sie an die Wand. Grübelte weiter. Bis sie der Gedanke an Finns Ordnungsliebe auf den richtigen Weg brachte. Er wurde niemals verreisen, ohne eine Adresse zu hinterlassen. Die Nummer der Technischen Hochschule war schnell gefunden. Sie ließ sich mit seinem Institut verbinden und beim dritten Versuch hatte sie endlich die richtige Person an der Strippe. Ja, er hatte eine Telefonnummer hinterlegt – nein, zwei waren es. Kamerad Finn verschwand nicht in der Wildnis ohne Verbindung zur Zivilisation. Die eine Nummer war die des Polizeivorstehers und mit der anderen erreichte man ein Mobiltelefon auf dem Rettungsboot. Rund um die Uhr. Nur wichtige Informationen, hatte er ausdrücklich gesagt. Es war wichtig.

Sie bedankte sich überschwänglich, wiederholte die Nummer, wählte sie, woraufhin sie am anderen Ende nur ein Rauschen und Klingen hörte. Noch ein Versuch, die gleiche Sinfonie. Musste man bei einem Mobiltelefon etwas Besonderes beachten? Her mit dem

Buch, beachten Sie die Gebrauchsanweisung. Hallo, hallo, ich brauche eine Nummer ... Meine Nummer? Von wo aus sie anrief? Die Nummer stand fein säuberlich auf dem Telefonapparat. Auflegen? Nun gut, auflegen und warten. Vielen Dank. Sie legte auf mit klopfendem Herzen. Schluckte, wartete. Darin hatte sie Übung.

Eine Minute, zwei. Sie finden ihn nicht. Drei Minuten, vier. An der Küste tobt ein Unwetter, und das Rettungsboot ist draußen, um Fischer Markus zu retten. Fünf Minuten – eiskalter Schweiß steht auf ihrer Stirn. Dann das Klingeln, ein schriller Ton. Eine Stimme teilt mit, dass die Verbindung steht.

Ein lang gezogenes «Hallo» kommt tief aus der Leitung. Ihre Kehle ist wie zugeschnürt, sie hustet nervös.

«Hallo», ertönt es wieder, diesmal ungeduldiger. Es ist Finn. Komm, Hilke, leg los. «Ein Anruf für Finn Andreas Nestlén», sagt sie mit verstellter Stimme. Er bestätigt.

Die Nebengeräusche irritieren ungemein, es ist, als spreche er in ein riesiges Metallrohr. Vielleicht bestehen Querverbindungen, andere hören mit ...

«Eine vertrauliche Nachricht, die nur von Herrn Nestlén persönlich entgegengenommen werden darf.»

Er murmelt irgendetwas, bittet sie, einen Moment zu warten, es knistert und knattert, dann ertönt wieder seine Stimme.

«Was zum Teufel ist da los?»

«Finn, ich bin's, Hilke. Ich brauche dringend deine Hilfe, bitte komm her, ich ...»

Sie hält inne, seine Worte dringen verzerrt an ihr

Ohr. «Wer auch immer da in der Leitung ist, Sie sind krank und pervers, gute Frau! Und für diesen makabren Scherz sollen Sie mir büßen!»

Finn also auch. Er ist wie der junge Typ bei der Polizei, knallt ihr die Tür vor der Nase zu, fordert sie auf, zu den normalen Geschäftszeiten wiederzukommen.

Okay, sie wird ihn um Verzeihung bitten und ihn sein Detektivspielchen weiterspielen lassen. «Tut mir Leid, ich wollte dich nicht stören.»

Mit einem Mal ist ihre Nervosität wie weggeblasen, eine merkwürdige Ruhe ergreift von ihr Besitz. Sie wird sich eben damit abfinden müssen, dass sie aller Welt Zorn auf sich zieht, dass sie allen nur zur Last fällt. Sie hält den Hörer in der Hand, unschlüssig, ob sie auflegen oder aus Höflichkeit noch eine Weile warten soll.

«Hilke, bist du's wirklich?», hört sie Finn sagen. «Mein Gott, von wo rufst du an?»

Von wo aus sie anruft? Uninteressant. Was stellt der sich eigentlich vor? Dass er grad einen Anruf aus dem Jenseits erhält? Vielleicht liegt er da gar nicht so falsch, vielleicht ruft sie ja aus Hels Totenreich an. Walhall ist es jedenfalls nicht. Sie hat keinen einzigen Menschenknochen hier entdeckt. Nirgends gefallene Krieger zu sehen.

Seine Stimme fragt immer weiter, immer penetranter. «Hilke, hör zu, geht es dir gut, ist alles in Ordnung, Hilke?»

«Nein!» Sie schreit es in den Hörer. So schrill und durchdringend, dass sie selbst erschreckt. Seine Stimme wirkt flehentlich, angestrengt ruhig und konzentriert. Er spricht lange.

Erst jetzt wird ihr wieder bewusst, dass sie mit Finn spricht. Jetzt gilt es, vernünftig zu reagieren, ihn nicht zu verschrecken, schließlich will sie, dass er herkommt. Mit angestrengter Stimme teilt sie ihm mit, dass sie in Trondheim sei, bittet ihn zu kommen. Sie hört, dass er kommen will, wie er Flugtermine, Fährzeiten überschlägt, wie er flucht, weil seine Rechnung nicht aufgeht, es ist schon zu spät am Tag.

Hilke weiß Rat. Sie hatte die Idee schon im Hinterkopf, jetzt hat Finn sie darauf gebracht. Die Insel hat einen privaten Flugplatz, der schon zu Glanzzeiten der deutschen Luftwaffe bestanden hatte. Und ein Privatflugzeug, das sicher irgendjemandem gehörte. Jeder in der Stadt kannte den kleinen Brummer, der einmal pro Woche über den Berg kam, um den Tank aufzufüllen.

Finn war bereit. Er wollte per Express im Brummer anreisen. Aber wo steckte sie? Wo war der Treffpunkt? Nein, sie hatte keinen Nerv, stundenlang nägelkauend herumzusitzen in der Hoffnung, dass er der Erste sein würde, der bei ihr auftauchte. Am Telefon wollte sie ihr Versteck keinesfalls preisgeben, unter gar keinen Umständen.

»Ich rufe dich an. Jede halbe Stunde rufe ich dich in deiner Wohnung an. Keine Widerrede, so ist es am besten. Ich gebe dir zwei Stunden, bevor ich anfange.«

Stille, dann. «Bist du in Sicherheit, Hilke?»

«Ja, für eine Weile bestimmt.»

Er willigte ein, vielleicht auch, weil ihm nichts anderes übrig blieb. Bat sie, vorsichtig und vernünftig zu sein. Er sei in zwei bis drei Stunden da.

Hilke hielt den Hörer fest umklammert. Die Geräusche traten wieder in den Vordergrund, das Knacken und Knirschen. Dann herrschte Totenstille. Sie ging zurück zu den anderen.

20

Irgendjemand sah sie an. Irgendjemand stand da und beobachtete sie. Sie hatte ein ungutes Gefühl im Hinterkopf. Drehte sich langsam im Stuhl um. Da stand er, versteckt zwischen Stuhl und Wand. Drei Jahre alt, höchstens vier, runde Wangen, prüfender Blick.

Eine Frau betrat das Zimmer, sah sich hektisch um, entdeckte den Kopf hinter dem Stuhl. Ihr Körper entspannte sich, sie seufzte. Lockte ihn hervor, nahm ihn auf den Arm, drückte ihn an sich, bat um Entschuldigung und verschwand. Gleich darauf war er wieder da, kam vorsichtig durch die Tür geschlichen. Indianer, schleichender Panther. Die Kunst des Anschleichens beherrschte er perfekt. Spielten Kinder immer noch dieselben Spiele? Ob dieser Knirps in ein paar Jahren vielleicht auch Indianer und Weiße spielte? Für welche Rolle würde er sich wohl entscheiden?

Sie hatte sich immer Indianer ausgesucht. Warum? Keine Ahnung. Merkwürdig übrigens, denn es endete stets mit einem fürchterlichen Gemetzel. Vielleicht hatte es mit den vergifteten Pfeilen zu tun. Von Kugeln und Schießpulver Getroffene starben dramatisch, röchelnd und in gekrümmter Haltung. Per-Ove war Experte darin gewesen. Oder man zog sich eine Fleischwunde zu und musste bei Wasser- und Saftverpflegung ins Krankenhaus an der Kellertreppe. Ihre Stufen dienten als Krankenlager. Ja, es mussten die Pfeile gewesen sein, die lautlos durch den Wald schossen und – schwupp – die Haut des weißen Mannes durchbohrten. Von Panik ergriffen, riss er sich den Pfeil heraus, aber umsonst. Völlig umsonst. Endlos lange Minuten wand er sich in einem qualvollen Todeskampf. Von wegen Gegengift!

Der Knirps kam näher, blieb vor ihr stehen, reichte ihr einen Papierblock und sagte danke. Danke, danke. Hilke legte den Block auf ihren Schoß, blätterte ihn auf und erblickte die Welt. Seine Welt. Farben. Der ganze Bogen mit Farben bedeckt. Farben, die Trost spenden, lindern konnten. Farben, die ins Auge stachen, erschreckten, mit Angst erfüllten, die forderten, anklagten. Farben, die hinter einem Stuhl kauerten und leise weinten. Der ganze Bogen, die ganze Bilderwelt war restlos ausgefüllt mit Farben, es gab nicht ein einziges Schlupfloch, nicht die kleinste Zuflucht für diesen kleinen Körper. Nur ganz oben, links in der Ecke, war ein bisschen Trost und Zärtlichkeit. Oben links. Ob er jetzt dort war, geborgen in einem für diesen Moment ruhigen Winkel? In Sicherheit vor den Schrecken, die ihn draußen, auf dem Rest des Bogens erwarteten? Ein kleiner Junge, eingefangen in einem Papierbogen.

Sie war bestürzt und aufgewühlt. Fühlte sich hilflos. Als sie ihn ansah, stellte sie fest, dass sich sein Gesichtsausdruck verändert hatte. Danke? Er war sich nicht mehr sicher. Sie hatte ihn zu lange warten lassen. Vielleicht mochte sie ja sein Geschenk nicht.

»Für mich?« Sie lächelte.

Auch um seinen Mund zeigte sich ein Lächeln.

«Danke», sagte sie. «Vielen Dank. Das ist ein . . . ein wunderschönes Bild.»

Zufrieden begann er, sich im Zimmer umzusehen, dann wurden die Gesellschaftsspiele unter dem Fernseher angepeilt.

Hilke blieb mit dem Bild auf dem Schoß sitzen. Saß nur da, den Blick auf den Kleinen gerichtet, ohne ihn wahrzunehmen. Tausend Gedanken drängten sich ihr auf, keiner wurde zu Ende gedacht. Sie saß nur da. Blockiert.

21

Draußen im Flur wurde es plötzlich unruhig. Lärm, laute Stimmen. Hilke hob den Kopf und lauschte. Raue Stimmen, Herrgott – das waren Männerstimmen. Sie stöhnte und suchte das Zimmer hastig nach Fluchtmöglichkeiten ab. Peng! Die Tür flog auf. Herein stürzte eine blutunterlaufene Gestalt, dicht gefolgt von einer zweiten.

«Hurenhaus!», brüllte er. «Kommt her, ihr verdammten Weiber, ich mach euch fertig!»

«Ruft die Polizei», ertönte eine Stimme.

Der Knirps kroch unter das Sofa.

«Holt die Polizei», wiederholte die Stimme.

Eine Frau kam dazu, es war eine der Mitarbeiterinnen. Sie begann zu verhandeln, setzte Buchstaben zu Worten zusammen, die sich zu großen Sprechblasen vor ihm auftürmten. Er wies sowohl sie als auch die

Worte zurück, ergoss sich in widerlichen Schimpftiraden. Irgendjemand drohte erneut mit der Polizei.

«Halt!» Das Kommando ließ sogar die Eindringlinge für einen Moment innehalten. «Männer sind hier nicht erlaubt. Kommt, Mädels, die zwei Schwächlinge hier werden wir ja wohl noch schaffen.»

Sie wirkte nicht sonderlich muskulös, wie sie dort stand, eine Frau mittleren Alters, mit hektischen roten Flecken am Hals. Aber ihre Worte waren stark, sie bewirkten etwas bei den Frauen. Raus sollten sie, sofort raus! Sie drängten die Männer zur Tür, umzingelten sie, griffen sie an, trafen auf weiches Fleisch, forderten sie auf, sich zu verpissen bevor sie totgeschlagen würden.

Hilke schrak auf. Totschlagen? Darin war sie Expertin. Aber hier gab es keinen Draggen, also griff sie kurz entschlossen nach einem Blumentopf. Wartete auf ihren Einsatz. Doch es war nicht ihr Kampf. Wie gelähmt blieb sie stehen und sah zu.

Die Frauen waren jetzt wie rasend. Sie traten und schlugen erbarmungslos zu. Eine Frau, die sich ihre heftig blutende Nase hielt, ließ sich auf einen Stuhl fallen. Hilke drückte ihr den Blumentopf in die Hand, folgte den anderen hinaus auf den Flur und machte die Haustür weit auf. Kalte Luft strömte herein.

Einer der Männer riss sich los und lief die Treppe hinunter. Der zweite wurde von den Türsteherinnen des Hurenhauses unsanft auf den selben Weg befördert. Sie hatten es ihm gehörig gegeben, die Jahrhundertnummer! Völlig fertig und wie ein Häuflein Elend lag Adam am Treppenaufgang. Die Frauen dieses Freudenhauses würde er wohl so schnell nicht vergessen. Die Frau mit dem Nasenbluten kam und warf den Blumenpott mit triumphierender Geste auf das am Boden liegende Bündel.

Dann wandte sie sich den anderen zu und grinste. Die Frauen sahen einander an, aufgewühlt und wütend, blutig und zerzaust. Sie sahen einander an und begannen zu kichern, eine nach der anderen. Zunächst verhalten, dann offener, bis sie in hemmungsloses, hysterisches Gelächter ausbrachen. Allmählich ging das Lachen in Weinen über, der Bann war gebrochen, Demütigungen und Prügel brachen aus ihnen heraus, unbändige Kräfte entfesselten sich. Hilke bekam Angst. Sie nicht, nein!

Da entdeckte sie ein kleines Gesicht, das unter dem Sofa hervorlugte. Sie lief ins Wohnzimmer, ging auf die Knie vor dem Sofa und versuchte zu trösten. Doch er glaubte ihr nicht, sie zitterte zu sehr.

Er fauchte sie an, presste sich dicht gegen die Wand und fauchte sie an. Eingeklemmt in einer Ecke der Welt, ganz oben links. Hilke richtete sich mühsam wieder auf. Die Frauen hatten sich inzwischen wieder beruhigt, sie redeten, trösteten einander und versorgten ihre Wunden. Sie tranken Kaffee zusammen. Eine wichtige Schlacht war gewonnen. Ihr Beitrag zur Gemeinsamkeit bestand aus einer geöffneten Tür und einem halb vollen Glas Valium, das in der Aufregung niemand beachtete. Es war falsch, feige, gefährlich – aber es verhinderte, dass ihre Haut endgültig aufplatzte und ihre blutigen Eingeweide herausquollen.

22

Zwei Stunden. Sie rief an. Keine Antwort. Saß auf dem Klo und versuchte abzuschalten, den anderen aus dem Weg zu gehen.

Zweieinhalb Stunden. Drei Stunden. Dann endlich erreichte sie Finn. Er war in voller Aktion, der moderne Hemingway. Sie gab ihm die Adresse und bat ihn um einen kleinen Kredit, um ihre Schulden beim Krisenzenter bezahlen zu können.

Kurz darauf ist das Auto da. Runter die Treppenstufen, die alten ausgetretenen. Auge in Auge. Sie bekommt das Geld und hastet wieder hinauf, rechnet ab. Bekommt einen festen Händedruck und nette Worte mit auf den Weg. Bedankt sich. Jetzt können sie ruhig Radio hören, Fernsehen und Zeitung lesen, jetzt ist sie weg.

Die Straßenbahnschienen, diese halsstarrigen Stahlwürmer, die mit Autos und Fahrgästen ihr Spielchen treiben. Vor und zurück, rauf und runter – Gummi gegen Stahl. Natürlich, Finn hat es eilig. Deshalb balanciert er auf der äußersten Spur – der Straßenbahnspur. Sie zieht an der Schnur und sagt «Kling». Er sieht irritiert zu ihr herüber. Idiotin, die Fahrgäste dürfen den Fahrer nicht stören. Dann biegt er zu seinem Menschensilo ab, scheucht sie hinaus aus dem Wagen und rein in den Aufzug. Dort legt er die Arme um sie. Sie versteht nicht warum, schließlich hat sie keine Probleme, sich auf den Beinen zu halten.

Im Flur ist es unordentlich, es stinkt nach ungewaschenen Socken. Links das Gästezimmer, daneben Master's bedroom, rechts die Garderobe, ein winziges

WC und das Bad. Das Licht im Wohnraum ist kränklich grün. Egal, hinter dieser Tür wird die Welt endlich wieder normal sein, dort ist sie sicher. Hinter dieser Tür wird das Überdruckventil endlich platzen und der Druck entweichen. Dahinter wird sie sich in die Normalität zurückweinen.

Im Türrahmen bleibt sie wie gelähmt stehen. Dort schwimmen Lille-Kjell und Geirr auf sie zu, aus einem Tangwald kommen sie, gleiten über Sandboden und Steine hinweg. Sie ist diejenige, die tot ist, und die beiden leben. Sie hört sie nicht, sieht nur die Blasen, die an die Oberfläche steigen.

Jemand fasst sie an. Es hat keinen Sinn, sich zu wehren, sie ist ja schon tot. Jemand hält sie fest umschlungen, redet mit verdrehten Worten auf sie ein. Wie soll sie mit jemandem sprechen, der eine fremde Sprache spricht, er muss eine andere Platte auflegen.

Sie sehnt sich danach, mit Lille-Kjell und Geirr zu reden. Vielleicht kann sie zu ihnen schwimmen, vielleicht warten die beiden auf sie? Dass sie aber auch ohne Sicherungsleine tauchten! Sonst könnten sie sie einfach zu sich rüberziehen. Sie ist einfach zu individualistisch, achtet zu wenig auf die Sicherheitsvorschriften. Sie geben ihr ein Signal, zeigen mit dem Daumen nach unten. Sie hat sie im Stich gelassen, ist einfach abgehauen, um ihre eigene Haut zu retten. Sie will ihnen erklären, will, dass sie verstehen. Aber sie wenden sich von ihr ab und verschwinden in dem dichten Tangwald.

Eine Hand fasst um die Mitte ihres Körpers, tastet, hält abrupt in der Bewegung inne. Mit aller Kraft stößt sie die Hand weg, schreit ihn an. Lass gefälligst ihr Pfand in Frieden! Sie versucht, sich auf die Geistergestalt zu konzentrieren, die neben ihr auf dem Sofa sitzt. Wäre er weiß gekleidet, könnte es sich durchaus um Gottvater persönlich handeln, aber dieser hier riecht nach Tabak und der andere ist sicher Nichtraucher. Sie rückt etwas von ihm ab und sieht Finn auf dem Sofa sitzen. Bleich und leicht zitternd. Er redet. Bestimmt redet er schon seit einer ganzen Weile, er sieht ziemlich mitgenommen aus.

«Hilke», hört sie ihn sagen. «Hilke, sag doch was. Du erschreckst mich ja zu Tode. Was haben sie mit dir gemacht? Um Himmels willen, was ist bloß passiert? Wer hat dich mit Stoff voll gepumpt?»

Sie stöhnt. So viele Fragen. Was ist los mit dem Starreporter? Dieses Interview ist eine Katastrophe, unstrukturiert und wirr. Stoff? Sie und Stoff? Scheiße, was meint er mit Stoff? Ach so, jetzt versteht sie. Sie schuldet ihm Stoff, Stoff für die Story! Er wartet auf ihre Geschichte. Er hat seinen Teil der Abmachung erfüllt, jetzt muss sie ihm die Einzelheiten liefern. Noch fünf Minuten muss er ihr geben, ein bisschen Zeit, damit sie sich sammeln kann. Plötzlich drückt er sie wieder an sich. Will er sie jetzt zum Reden zwingen?

Utvær, da hat alles begonnen. Sie muss dorthin zurück. Auf Utvær gab es einen Wolf, ein riesiges Biest, das nach ihr lechzte. Wolf und Angst. Wolf? Hatte sie nicht einen steifen Nacken bekommen, weil sie ihn so lange beobachtet hatte? Irgendetwas passte da nicht zusammen. Sie war nicht durch Wolken geschwebt, sondern in schwarzer Nacht getaucht. Und da unten gab es keine Wölfe. Ein Wolf im Taucheranzug! Sie lacht glucksend bei der Vorstellung.

Aber kalt, über eine göttliche Eingebung sollte man

nicht lachen. Welch eine Offenbarung! Natürlich war
es ein Wolf gewesen. Jetzt begreift sie den Zusammenhang. Der große hässliche Wolf hat einen Tauchkurs
absolviert – die zeitgemäße Variante eines abgenutzten
Märchenstoffes. Der Konkurrenzdruck von Rotkäpp-
chen und Großmüttern an Land war zu groß geworden, also war er abgetaucht, um fortan in der Tiefe sein
Unwesen zu treiben. Und weil er es zu weit trieb,
kotzte er seinen Darm aus. Den trägt sie jetzt um ihre
Hüften. Seinetwegen mussten alle sterben.

Hilke richtet sich auf. Jetzt hat sie den vollen Überblick. Jetzt kann sie sich der gierigen Sensationspresse
stellen. Sie öffnet den Mund und das Telex tickert ohne
Punkt und Komma.

. . . über im herbstklaren Meer schwimmende Inseln
und der Wolfsrachen allein auf einem kahlen Felsen mit
einer unerklärlichen Angst die an Bord bei einer Mahlzeit mit Freunden unterdrückt wurde und dennoch ein
unbehagliches Vibrieren beim Eindringen in die gren-
zenlose Stille hervorrief und die Entdeckungsreise mit
erloschener Lampe und schwarze Haie aus dem Nichts
und stierende Augen Münder in Gasbläschen explodierend während Eingeweide im grellen Lichtkegel einrei-
ßen und sie an Land gespült wurde mit Wehen und
Kaiserschnitt wo der König in sein Meer pisste unberührt von Radio und Freunden und Diskohölle und die
Wölfe am Kai und nur bis zu dem Bootshaus wo sie vor
Kälte zitterte und die Vergewaltigung und das rot sprit-
zende Blut und die Uniformen deutscher Soldaten und
die Schmerzen diese Schmerzen auf dem Motorrad
zum rettenden verschlossenen Fenster mit Bürozeiten
von neun bis fünf mit Hartvik hinter den Gardinen und

deutschen Touristinnen hinter jeder Tür wo die Jungs ein Liebespaar waren Fjord ein und Fjord aus und die Tramptour mit Country and Western und das Warten im totenstillen Treppenhaus auf kalter Treppe und wie sie im Pub eine von denen die Hilfe brauchten wurde und diese Schmerzen und das Blut die ganze Zeit und der Junge in dem Bild und die Treppe runterfallende Männer es tat weh so oft bis zur zehnten Etage zu laufen wo Geirr und Lille-Kjell sie verfluchten und deshalb hasste sie ihn verstehst du dass ich dich hasse und warum siehst du mich so an schreib lieber diese verdammte Geschichte auf damit ich endlich auf den Balkon gehen und den freien Aufstieg zum Himmel zehn Etagen tiefer wagen kann.

Sie sieht ihn an. Sieht seine Umrisse. Sieht und begreift, dass er kein Wort verstanden hat. Er kommt einfach nicht mit, ist begriffsstutzig. Meine Güte, muss sie es ihm buchstabieren?

Sie hat keinen Nerv, all diese Worte noch einmal auszuspucken. Blinde Wut steigt in ihr auf, eine Faust trifft mitten auf das schemenhafte Gegenüber. Dann liegt sie flach auf dem Rücken, entmachtet, die Hände in Ketten gelegt. Eine warme Flüssigkeit tropft auf ihr Gesicht. Weint sie – weint er? Die Zungenspitze identifiziert salzig-süßen Geschmack.

Sie blinzelt in das Gesicht über ihr. Blutrose, noch eine Blutrose. Ist die ganze Welt voll roter Rosen? So nah ist sie den Blumen der Liebe noch nie gewesen, ihrem Duft, ihrem Geschmack. Und dort im Kelch der Blüten entdeckt sie hingerissen ein Geheimnis, ein Auge, ein lebendiges, wunderbares Auge, samtweich und weit wie der Ozean. Goldene Sonnenlichter tanzen darin, dünne verästelte Fäden laufen labyrinthisch ineinander. Und in der Mitte ein Lichtstrahl, in einem tiefen Brunnen funkelnd, der paradiesischste Ort, den sie je gesehen hat, sicher, gut. Dorthin will sie. Endlich ist es so weit.

Da verschwinden die Sonnenflecken, sie ziehen sich zusammen und entschwinden. Der Garten Eden schrumpft zu einem verschwommenen menschlichen Gesicht. Ein Gesicht, dessen eine Hälfte blutet.

Von Enttäuschung überwältigt, schließt sie die Augen und bricht verzweifelt in Tränen aus.

23

Das Aquarium – das stand noch nicht da, als sie das letzte Mal hier war. Hat Finn sich doch tatsächlich Schmusetierchen zugelegt. Ein paar von den Miniaturschönheiten schwänzeln ziellos zwischen dunkelgrünem Plastikfarn umher. Plastik. Hilke rümpft die Nase. Er hätte den armen Gefangenen ruhig was Natürliches gönnen können.

Jemand hält ihre Hand. Sie dreht den Kopf und sieht Finn auf dem Tisch sitzen. Ihr ganzer Körper besteht nur noch aus Schmerzen, erklärt sie ihm. Er fragt weiter, sie erklärt. Neue Fragen, Antworten. Tausend mühsam gewonnene Bruchstücke. Er denkt nach, während er weiter ihre Hand hält. Es tut gut, ein bisschen Wärme zu spüren. Manchmal scheint er ihr nicht recht glauben zu wollen, hakt nach. So hat sie Finn noch nie erlebt. Eine Ader zieht sich von der Schläfe bis zur

Wange hinunter, das Nasenbein zeichnet sich scharf-konturig unter der Haut ab und seine Augen sind häss-lich. Aber die Hand tut gut.

Sie liegt da und weiß, dass sie dringend etwas gegen die Schmerzen unternehmen muss. Irgendetwas. Und es muss bald geschehen.

«Der Plastiksack», sagt er.

Sie trägt ihn am Körper, das Pfand, den Beweis, was zum Teufel ist da drin? Das fragt er sie? Wenn er ein Messer oder was ähnlich Brauchbares holt, wird sie den Darm eigenhändig sezieren. Hilke richtet sich auf, zieht den Pullover hoch und tastet nach dem Knoten. Steinhart, mittlerweile ein gordischer Knoten. Viel-leicht ist der auch längst mit ihr zusammengewachsen. Sie zieht und zerrt, schwitzt. Finn kommt dazu, sie spürt etwas Kaltes auf der Haut, zuckt zusammen. Der Knoten ist entzwei, und der Darm rollt aufs Sofa. Finn hebt ihn auf, wiegt ihn in der Hand, schnuppert, legt ihn auf den Tisch. Schweigend starren sie darauf, als er-warteten sie, dass er sich jeden Moment bewegen oder in Luft auflösen würde. Dann greift Hilke danach, will das Plastik aufschneiden. Doch Finn hält sie zurück. Sieht ihr mit festem Blick in die Augen und erklärt, was er vorhat. Das Päckchen jetzt zu öffnen, sei seiner Mei-nung nach falsch. Wenn es so weit wäre, dann sollten Zeugen dabei sein, Polizeizeugen. Sie sieht ihn ungläu-big an.

Er hat Kontakte zur Polizei, sagt er, hat Freunde dort. Die Sache wird höchste Dringlichkeitsstufe erhalten und während das ganze Land nach dem Boot und dessen Mannschaft durchsucht wird, erhält sie Polizeischutz. Seine Worte erinnern sie unwillkürlich an das Drehbuch eines Fernsehkrimis. Das Zuhören fällt ihr schwer, die Schmerzen werden immer unerträglicher. Er kündigt an, dass er jetzt seine Freunde bei der Polizei anruft. Hilke nickt ihm zustimmend zu, als er fragt, ob sie etwas zu essen haben, ob sie ein Bad nehmen will. Ja, gerne, sie möchte gerne baden. Er bringt ihr ein Handtuch, setzt Kaffee auf und platziert sich hinter einen unordentlichen Schreibtisch, auf dem ein Telefon steht.

Das Badezimmer – blau gefliest – Eiszapfen. Sie blickt an sich hinunter, öffnet vorsichtig den Reißverschluss, zieht ihn auf. Bleibt lange reglos stehen. Zaghaft beginnt sie, die Hose herunterzuziehen, ganz langsam, bis es nicht mehr geht. Der Stoff klebt fest. Sie berührt die Innenseite ihrer Oberschenkel. Die Haut ist eitrig und mit hartem, gelblichem Schorf überzogen. Sie beißt die Zähne zusammen und reißt den Stoff ein Stück weiter herunter, darunter liegt offenes rosa Fleisch. Sie würgt, kämpft gegen ihre Übelkeit an. Sie zieht weiter, mehr Haut und Fleisch lösen sich. Es stinkt faulig. Unmöglich das hier, sie kann sich doch schließlich nicht die ganze Haut von den Beinen pellen. Eine Rasierklinge, eine Rasierklinge muss her! Damit werden sich Haut und Stoff voneinander trennen lassen.

Im Badezimmerschrank findet sie, was sie sucht. Sie setzt sich auf die Badewannenkante und arbeitet sich Millimeter für Millimeter abwärts. In der Unterhose entdeckt sie Blut. Wann hat sie zum letzten Mal den Tampon gewechselt? Weitermachen, es ist, als ob man an sich selbst amputiert. Der Schweiß tropft ihr von der Stirn. Hilke, das hier ist Wahnsinn. Rasierklinge und Blut, Gestank und Schweiß.

Da plötzlich stürzt sich ein schwerer Körper auf sie, packt sie an den Handgelenken, laut fluchend. Erst allmählich wird ihr klar, dass Finn glaubt, sie wolle Selbstmord begehen. Rasierklinge und Pulsadern. Sie beschimpft ihn als Idioten, fordert ihn auf, sie genauer anzuschauen. Als er ihre Wunden sieht, stöhnt er auf. «Bleib ganz ruhig liegen», sagt er. «Ganz ruhig.» Er schiebt ihr ein Handtuch unter den Kopf und verlässt das Zimmer. Sie hört, dass er telefoniert, knappe, hektische Worte. Dann kommt er zurück und bittet sie, noch eine Viertelstunde die Zähne zusammenzubeißen. Vergeblich. Erbrochenes quillt aus ihrem Mund. Sie hat das Gefühl, daran zu ersticken, rollt sich auf die Seite und wird ohnmächtig.

Eine Frau kniet vor ihr und ist mit irgendetwas beschäftigt. Sie arbeitet mit sicheren Handgriffen, ihr Mund erteilt Befehle. Finn holt und bringt, läuft hektisch auf und ab, streichelt und tätschelt. Hilke lässt alles mit sich geschehen, sollen sie tun, was auch immer sie wollen. Sie schließt die Augen. Sie waschen sie mit einer kühlen, beißenden Flüssigkeit, dann wird etwas Linderndes aufgetragen. Es riecht nach Krankenhaus. Die Frau bittet Finn hinauszugehen, dreht den Badewannenhahn auf, schneidet Hilkes Slip auf, entfernt den Tampon und wäscht sie. Hilke treten vor Dankbarkeit Tränen in die Augen. Wie weich die Hände dieser Frau sind. Sie trocknet sie vorsichtig ab, zieht ihr einen Slip mit einer Binde drin an. Dann erklärt sie, dass sie einen kurzen Stich spüren wird, der unmittelbar darauf folgt, ein Bettlaken wird über ihre Beine gebreitet, Hände ziehen ihr den Pullover hoch, Finger bohren und kneifen, es tut weh, ihr Kopf wird angehoben, der Pullover darübergezogen, ein nasser Lappen wischt über ihr Gesicht, entfernt Schleim und Tränen, Schweiß und Dreck. Zum Schluss fragt die Frau, ob sie imstande sei, sich aufzusetzen. Nein, das will sie nicht. Sie will einfach nur daliegen und sich pflegen lassen, behutsame gute Hände spüren, die ihr das Gefühl geben, wie neu geboren zu sein. Die Frau ruft Finn herbei, sie ziehen ihr ein Herrenhemd aus weichem Flanell über, fassen unter das Laken und tragen sie ins Schlafzimmer. Sie fällt in ein dunkles Loch und verschwindet.

24

Sie schlief lange. Wachte auf und schlief wieder ein, wollte nicht aufwachen, wusste, lange bevor sie die Augen aufschlug, wo sie sich befand und warum. Leise Stimmen drangen aus dem Wohnzimmer an ihr Ohr. Die Tür musste offen stehen. Sie lauschte. Männerstimmen. Finn und noch jemand, vielleicht auch zwei. Keine Frauenstimme. Hatte sie von den weichen Frauenhänden nur geträumt? Sie tastete ihre Körpermitte ab. Die Haut fühlte sich warm und trocken an. Und da waren Verbände, beide Oberschenkel waren verbunden. Sie ließ ihre Finger über Bauch und Brust streichen, die Haut über der Magengegend war eingefallen. Sie hatte Hunger. Die Stimmen waren so leise, dass sie nicht verstand, worüber sie sprachen. Sie setzte sich im Bett auf, sah sich im Zimmer um. Hier hatten sie sich oft geliebt, leidenschaftlich und sanft, lachend und weinend. Machtkampf und Vorurteile, aber auch wunderbare Nähe und Offenheit. Sie seufzte – vorbei ist vorbei. Die Freundschaft hatte überlebt oder war vielmehr aus dem Aschehaufen entstanden. Ein seltenes Phänomen, jedenfalls für ihre Verhältnisse.

Sie will aufstehen und zu ihnen gehen, hören, worüber sie reden. Sie entdeckt Finns supermännlichen Morgenrock, erhebt sich langsam und zieht ihn an. Angenehm warm und geräumig.

Draußen im Flur holt sie tief Luft. Da drinnen sitzen Repräsentanten aus einer Welt, die sie zwischenzeitlich verlassen hatte, Gesetz und Ordnung – Verhöre. Allein der Gedanke daran stresst sie ungemein. Aber was hatte sie erwartet? Einen roten Teppich und Ehrungen als Heldin des Tages? Nein, das nicht, nur fühlt sie sich so verdammt unangemessen gekleidet. Nur Mut, los jetzt. Es geht nicht. Sie ist nervös, schlicht und ergreifend nervös.

Mit dem Zeigefinger tippt sie an die angelehnte Tür, sie öffnet sich lautlos, dort sitzen Finn und zwei Fremde. Keine Uniformen, also nicht seine Freunde von der Polizei. Oder sie arbeiten in Zivil an dieser Sache.

Sie sehen sie an. Finn springt auf, legt ihr die Arme um die Schultern und fragt, wie es ihr geht. Alles in Ordnung, vielen Dank. Halb tot vor Hunger und ein paar weitere Unwesentlichkeiten, aber ansonsten geht es gut. Danke, danke.

Sie starren sie an, die grüne Lady vom Mars. Räuspern sich und stieren weiter. Sie drückt Finn weg und geht zurück zum Bett. Irgendetwas läuft hier schief, sie hat keinen Nerv auf stierende Männerblicke. Wenn sie sich ihr wenigstens vorgestellt hätten, so wie es früher mal üblich war. Finn kommt herein, sie bittet ihn, seine Stammtischfreunde rauszuwerfen, ihnen Geld für einen Nachtklub oder Puff zu geben. Da können sie glotzen, bis ihnen die Augen übergehen.

Finn runzelt verärgert die Stirn, bittet sie, sich abzuregen. Es sind Kriminalbeamte, tüchtige Leute, und während sie schlief, haben sie hart gearbeitet, den ganzen Handlungsverlauf versucht zu rekonstruieren, so weit das möglich war.

Ach, ja? Warum haben sie nicht auch geschlafen? Sie jedenfalls hätte nichts dagegen gehabt.

«Entschuldige», sagt er und nimmt ihr den Wind aus den Segeln. «Wir fangen noch mal von vorne an. Also, willst du was essen?»

Egal, ob sie von vorn oder von hinten anfangen, Hunger hat sie auf jeden Fall.

Er serviert nicht am Bett, sie muss schon mit in die Küche kommen.

Noch bevor sie alleine aufstehen kann, ist er zur Stelle und hilft ihr. Nimmt sie in die Arme, flüstert dicht an ihrem Ohr, in ihr Haar, in ihre Halsbeuge. Seine Stimme klingt erstickt, versagt, aber bloß nicht weinen, schließlich haben wir schon früh gelernt, dass ein Junge nicht weint. Dennoch spürt sie, wie ihr eine warme Träne den Hals hinunterläuft. Sie drückt ihn an sich, ist ihm dankbar, so unermesslich dankbar. Jemand kümmert sich um sie, jemand ist froh, dass sie am Leben ist.

Tüchtige Polizisten waren es bestimmt, aber schlechte Psychologen – sie hatten den Plastiksack aufgeschnitten. Finn erzählte es ihr in der Küche. Sie hatte nicht

wenig Lust, das ganze Essen vom Tisch zu fegen. Holz-
klötze, elende Polizisten-Holzklötze, ja, genau das waren sie. Warum hatte nicht wenigstens Finn ein Fünk-
chen mehr Verstand bewiesen?

«Verstand?», fragte er. «Wie meinst du das?»

Er hatte offensichtlich nichts kapiert. Hilke brachte
vor Enttäuschung kein Wort heraus. Plötzlich wollte
sie gar nicht mehr wissen, was zum Vorschein gekommen war, wollte partout keine Informationen aus zwei-
ter Hand, das Ding war ihr scheißegal.

«Ein klassischer Fall von Schmollen», stellte Finn
fest.

Sie musste zugeben, dass er Recht hatte, ihre Unterlippe zitterte wie die eines trotzigen Kindes. Sie ließ es
dabei, glaubte sich im vollen Recht. Schließlich war sie
es gewesen, die dieses Ding unter Einsatz ihres Lebens
mit sich herumgeschleppt hatte. Sie war es gewesen,
die all die Grausamkeiten durchgestanden hatte. War
es da nicht verständlich, dass sie auch den ersten Spa-
tenstich machen wollte? Falsche Erwartungen. Warum
sollte ihretwegen die Geschichte umgeschrieben werden? Die Drecksarbeit hatten schon immer andere erledigt als diejenigen, die sich daran letztlich eine goldene Nase verdienten. Also waren sie nur einer
altbewährten, tausendjährigen Tradition gefolgt. Und
von ihr erwartete man, dass sie sich einfügte. Hilke
spürte, dass sich etwas in ihr gegen diesen Gedanken
sträubte, wie ihr ganzer Körper dagegen protestierte.
Von wegen Anpassung! Dann lieber das Sandkorn im
Getriebe sein, das Rad der Geschichte einen Moment
lang anhalten, die «göttliche Ordnung» empfindlich
stören.

Die Unterlippe hörte auf zu beben, die Enttäuschung legte sich.

Sie schickte Finn zu den anderen und aß zu Ende. Er kam zurück mit einer khakifarbenen Hose und Wollsocken. Die Hose war herrlich weit und bequem und sie passte über die Bandagen.

Als sie das Wohnzimmer betrat, zog sie es vor, ihren Zorn zurückzuhalten. Mit ruhiger Stimme erklärte sie, dass sie eigentlich Wert darauf gelegt hätte, beim Öffnen der Plastikverpackung dabei zu sein, aus Gründen, für die sie sicher Verständnis hätten. Solch gemessene Worte verfehlten ihre Wirkung nicht, der ältere von beiden stand auf und gab eine Menge Phrasenhaftes in der Art von «Entschuldigen Sie vielmals, aber . . .» von sich, zeigte seinen Ausweis und stellte sich vor.

Er lüftete ein grünes Tuch, das auf dem Wohnzimmertisch ausgebreitet lag, und mit einem Mal war das Zimmer erfüllt vom Zauber kindlicher Märchenwelten. Der Anblick traf Hilkes Netzhaut schockartig, ein strahlender, überirdischer Glanz, ein lebendiges Funkeln, unmöglich, den Blick davon abzuwenden. War es das flüchtige Leuchten, der wunderbare Funkenregen des Meeres, der sich hier materialisiert hatte? Nein, es waren Steine, geschaffene Wunder aus Kohlenstoff. Juwelen, Edelsteine, Smaragde, Diamanten – sie wusste nicht, wie man sie nannte. Ein Feuerwerk. Alle rein und unbearbeitet. Die Plastikverpackung lag daneben, sie sah aus wie ein durchgeschnittener Bienenkorb.

Sie hatte eigentlich Stoff erwartet. Weißen, gelben, braunen Stoff, der tausende von Rauscherlebnissen bescheren konnte. Tod und Verderb, Demütigungen und

Leid. Das hatte sie erwartet, nicht dieses lockende, faszinierend schöne Lichtermeer. Aber wie konnten diese Schönheiten in die Nähe des Polarkreises geraten? So etwas hatte sie bisher nur in «National Geographic» abgebildet gesehen, auf roten Samt gebettet, hinter einbruchsicherem Glas. Johannesburg, London, Wien, Amsterdam – das war die Welt dieser Kostbarkeiten und nicht die karge Landschaft des hohen Nordens. In den Zeitungen hatte in letzter Zeit nichts über einen Raub von so großem Ausmaß gestanden, sie konnte sich an keine Schlagzeile erinnern. Und dies hier waren mit Sicherheit echte Steine, wer würde auch schon für Fälschungen einen Mord begehen.

Der ältere gehörte zu der Vertrauen erweckenden Sorte, schmal und drahtig, Typ Bergwanderer. Höflich, aber bestimmt, mit buschigen, sonnengebleichten Brauen. Chef. Sein Zögling war der Typ strebsamer Collegeabsolvent, viereckiges Gesicht mit viereckigem Grinsen und viereckigen Colgate-Zähnen. Squarehead. Durchschnittsabsolvent der West Point Military Academy. Short-cut-Frisur und saubere Fingernägel. Die Kehrseite der Medaille zeigte einen kurzen, kräftigen Stiernacken, der mit der Zeit in dicke Falten fallen und rot anschwellen würde, wenn sich sein Sohn mal daneben benahm oder das Essen nicht zeitig auf dem Tisch stand. Solche Nacken lasteten wie Bleiklumpen auf ihren Gedärmen, solche Nacken müssten zwangsweise unter langem Haar verborgen werden, aber solche Nacken und halblanges Haar – eine derartige Kombination kam einfach niemals vor.

Der Senior übernahm die Gesprächsführung. Hilke registrierte, dass die Vorhänge des Fensters in Richtung

Gløshaugen zugezogen waren. Sorgfältig. Im Laufe des stundenlangen Verhörs zeigten die beiden Männer keinerlei Regung, weder Zweifel, Überraschung noch Anteilnahme. Hilke verzichtete auf all die Rechte, auf die man sie hinwies. Anwalt, juristischen Beistand? Der Gedanke, noch einen Fremden ins Vertrauen zu ziehen, widerstrebte ihr.

Sie bemühten sich, Fragen und Kommentare so rücksichtsvoll und einfühlsam wie möglich zu formulieren, doch das Ganze roch dennoch meilenweit nach routinemäßiger Abwicklung. Nur einmal fiel Hilke eine verräterische Geste auf: Junior schlug intuitiv die Beine übereinander, als sie ihre Offensive mit dem Anker im Bootshaus schilderte.

Die Beschreibung der beiden Männer verlangte ihre vollständige Konzentration. Sie starrte an die Wand, während sie Statur, Hautfarbe, Kleidung, besondere Merkmale aufzählte. Augenfarbe. Gelb.

Senior war nicht zufrieden, fragte nach. Gelb, ja, gelb waren sie.

Sie machten weiter. Es war anstrengend und schmerzlich und Hilke scheute sich davor, bis ins kleinste Detail auszupacken. Ihr Zögern blieb natürlich nicht unbemerkt und der Senior hielt eine kurze Predigt über Zusammenarbeit und gegenseitige Hilfe. Ja, selbstverständlich, sie hatte schon verstanden, aber irgendwie hatte sie nicht das Gefühl, auf der gleichen Seite wie die beiden zu stehen, war das Vertrauen nicht hundertprozentig. Der Senior war geschickt, er schlug eine Kaffee- und Erholungspause vor. Danach kam er auf den kommenden Tag zu sprechen. Hilke hatte noch keinen einzigen Gedanken daran verschwendet, schließlich hatte sie bisher genug damit zu tun gehabt, das Hier und Jetzt zu überleben. Sie erfuhr, dass man bereits Personenschutz für sie eingeplant hatte. Die Vorstellung stimmte sie versöhnlich, obwohl ihr natürlich klar war, dass es in erster Linie darum ging, sie als wichtige und einzige Zeugin zu schützen.

25

Sie bleiben, werden bei Finn wohnen, einer schläft im Gästezimmer, der andere im Wohnzimmer. Sie werden bleiben und abwarten. Bis jemand eintritt, nachdem er an der Tür geklingelt hat oder auch nicht. Offiziell soll Hilke hier wohnen, in der Wohnung auf und ab gehen – als Lockvogel. Finn wird kommen und gehen, von der Arbeit und zur Arbeit. Einen kleinen, nichts sagenden Bericht über Utvær veröffentlichen. No further investigation. Senior und Junior bleiben unsichtbar. Ihre Aufgabe ist es, anwesend zu sein, vor allem dann, wenn es drauf ankommt.

Abwarten? Hilke schmunzelt in sich hinein. Sie hat noch nie einen Mann kennen gelernt, der in dieser Kunst sehr bewandert ist. Fingertrommeln auf der Tischplatte, Kreuzworträtsel lösen, Seufzen und Leidensmienen verbindet sie mit einem wartenden Mann. Aber vielleicht wird sie ja nun um eine Erfahrung reicher.

Allmählich wird ihr klar, dass sie von jetzt an jeden Tag mit Bill oder Ted – oder wie auch immer er heißt

– verbringen muss. Sie wirft ihm einen verstohlenen Blick zu. Er erwidert ihn, kurz, gleichgültig, abschätzig. Beide gleichermaßen vorurteilsvoll, intolerant.

Finn kommt herein. Er hat Zeitungen mitgebracht. Utvær ist der Aufmacher. Einige Informationen stimmen, das meiste aber ist hanebüchene Spekulation. Was blieb den armen Journalistenteufeln auch anderes übrig, als wild zu spekulieren, wenn jeden Abend um halb elf die Seiten fertig sein müssen? Entweder gab es was zu berichten oder nicht, und es war schließlich ihr verdammter Job, irgendetwas zu schreiben. Möglichst besser als die Konkurrenz. Kein Wunder, dass echte Talente langsam, aber sicher im Wettlauf mit der Zeit untergehen mussten.

Sie gilt immer noch als vermisst. Das Radio läuft ununterbrochen, auf leise gestellt. Sie bekommen ihre Informationen vom Norwegischen Rundfunk und von Finn. Dilettantismus. Aber dann fällt ihr ein, dass der Polizeifunk zu leicht von jedermann abgehört werden kann.

Sie sitzt da und fühlt sich total ausgelaugt. Ameisen im Körper und Watte im Kopf. Kaputt. Wie jede anständige Romanheldin zieht sie sich diskret aus dem Geschehen zurück. Kriecht in Flanell und Khaki und Wollsocken unter die Bettdecke. Findet nicht die richtige Position in der weichen Umgebung, schiebt und rutscht hin und her. Finns Minibar kommt ihr in den Sinn, sie rappelt sich auf und sucht eine in Leder eingebundene Taschenflasche mit echt schottischem Inhalt erlesenster Sorte hervor. Schleicht wieder zum Bett, schlägt die Decke zurück, richtet das Kissen auf und lässt sich genüsslich darin zurückfallen. Jede anständige

Heldin besitzt Duftwasser oder Riechsalz oder wie auch immer das heißt. Also auch sie.

Es riecht nach bagpipes, es schmeckt nach stark behaarten Männern im Kilt und sonnengereiften Äckern. Schwarzer Johannisbeersaft würde keineswegs den gleichen Zweck erfüllen.

Die Welt scheint zu verstehen, dass sie Zeit für sich alleine braucht. Weit und breit kein Türenschlagen, kein Telefonklingeln. Der Verkehr weit unten auf der Straße schnurrt gleichmäßig wie eine Muttermilch saugende Katze, die Wolken hinter dem Gardinenspalt gleiten ungeheuer träge vorbei. Die Welt gestattet ihr die Flucht nach Schottland, sie steht am Strand bei Aran und hält das Gesicht in den Wind. In die Brandung springen und die Katharsis der Elemente entgegennehmen. Wind auf der Haut und Sonne im Haar – leben.

Der Alltag gestaltete sich nicht ganz so feierlich, als sie erwachte. Ihre Flucht endete mit Kopfschmerz, trockener Kehle und einer Rüge vom Besitzer der Flasche. Er kam auf sie zu und schnupperte, sie bat ihn, sich schleunigst wieder zu verziehen. Überhörte seine Bemerkung, dass er wenigstens etwas von dem Geruch haben möchte, wenn er schon den für teures Geld erstandenen Tropfen nicht mehr schmecken konnte. Sie schlug nach ihm. Die Welt war wieder normal.

26

Die Zeit schleppte sich dahin. Hilke war froh darüber. Sie beantwortete die eine oder andere Frage, lauschte gedämpften Stimmen, auf Papier kratzenden Bleistiften, bestätigte oder verneinte. Als Senior mit Schreiben fertig war, bat sie ihn, seinen Bericht lesen zu dürfen. Nach einem kurzen Moment des Zögerns sah er sie an und reichte ihr den Stapel.

«Ja, warum nicht», sagte er. «Lesen Sie es durch, dann können Sie sehen, ob Sie die Geschichte wiedererkennen.»

Der andere runzelte die Stirn, wahrscheinlich war das gegen die Vorschriften. Eins zu null für sie. Sie lehnte sich zufrieden in ihrem Stuhl zurück, blätterte den Papierstapel durch und begann zu lesen.

Ihre Geschichte? Tja, das war sie wohl. Und auch wieder nicht. Sie war korrekt. Und dennoch. Die Version eines Dritten über die Zeit von Freitag bis heute wirkte sonderbar fremd. Sie las und las. Manches an der Geschichte kam ihr bekannt vor, nur mit völlig neuen Worten benannt, die ihr nichts sagten. Sie konzentrierte sich schließlich nur noch auf Chronologie und Fakten. Ja, die Zeitangaben und Geschehnisse stimmten – alles stimmte. Nur sie passte nicht ins Bild, sie fand sich nicht wieder zwischen den schablonenhaften Formulierungen. Sie gab Senior den Bericht zurück und nickte schweigend.

Aber wie wollten sie den Bericht weiterleiten? Hieß es nicht, sie kampierten hier auf unbestimmte Zeit? Vielleicht sollte Finn ihn ja in der Unterhose nach draußen und zum Polizeirevier schmuggeln? Sie musste grinsen bei dem Gedanken.

Sie warten auf jemanden. Sitzen da wie wachsame Eulen und lauschen. Es ist offensichtlich, obwohl niemand etwas gesagt hat. Und dann kommt jemand. Ein lang gezogenes Klingeln, Finn geht zur Tür. Hilke sieht sich um. Johnny hat sich hinters Sofa verkrochen, Senior ist nirgends zu sehen. Sie bekommt Angst. Warum haben sie ihr nicht gesagt, wie sie sich in solchen Situationen verhalten werden? Hier sitzt sie wie eine idiotische Zielscheibe und muss sich auf einen schießwütigen Sofakrieger verlassen. Sie ist wütend und ängstlich zugleich und als Finn und eine Frau hereinkommen, wirft sie sich auf den Boden.

«Alles in Ordnung», sagt der Drecksack. «Du kannst ganz ruhig bleiben.»

Sie rappelt sich auf, öffnet den Mund und entlädt sich in einer wilden Schimpftirade.

«Alle Achtung», sagt die Frau. «Sie machen ja wieder einen ziemlich lebendigen Eindruck.»

Erst jetzt sieht Hilke, dass sie es ist – die Frau mit den weichen, wohltuenden Händen. Hilke schweigt und wirft Finn einen vernichtenden Blick zu. Senior kommt auf leisen Sohlen ins Zimmer. Er hat ihren Wutausbruch mitbekommen. Aber selbstverständlich wird sie in ihre Pläne und Strategien eingeweiht, sie sind einfach noch nicht dazugekommen, es ihr zu erklären.

«Tut mir Leid, tut mir wirklich Leid. Aber dämpfen Sie bitte Ihre Stimme etwas, Sie wissen, warum.»

Nicht dazugekommen! So ein Quatsch! Prioritäten setzen nennt sich das. Und dann wird sie auch noch angemeckert! Ihre Ohrläppchen sind warm. Hilke Thorhus, großes Mädchen, kann alleine Pipi machen, hat keine Angst vorm Zugfahren – sie steht plötzlich mit glühend heißen Ohrläppchen da. Sie muss weit zurück-denken, um eine solche Situation zu erinnern. Rotz-nase, von den Erwachsenen zurechtgewiesen. Auch wenn es deren Fehler war. Seniors drohender Zeigefin-ger hatte diese Reaktion ausgelöst, ohne dass sie sich dagegen wehren konnte.

Die Frau bemerkt ihre Verlegenheit, wirft einen fra-genden Blick in die Runde, öffnet den Mund, um etwas zu sagen. Hilke kommt ihr zuvor. Das will sie alleine klären, denen wird sie Dampf machen. Sie wird keine Ruhe geben, bevor sie nicht über jede Einzelheit Be-scheid weiß, mit was sie in ihrer Situation zu rechnen hat. Auf wen warten sie? Wann, glauben sie, werden sie kommen? Wie werden sie sich Zugang verschaffen? Wer wird sich dann an welcher Stelle in der Wohnung befinden? Was soll getan werden und zu welchem Zweck? Was wird man besprechen und warum? Hilke lässt nicht locker. Sie ist noch immer aufgebracht, stellt fest, dass die anderen auch ziemlich angespannt ausse-hen. Gut so, vielleicht kapieren sie jetzt, dass es ihr ums nackte Überleben geht und nicht um eine erfolgreiche Verbrecherjagd.

Der Plan, den man ihr unterbreitet, klingt nicht sonderlich viel versprechend. Ihr hat man bis zum Schluss die Rolle als Lockvogel und Zielscheibe zuge-dacht. Sie hatte auf einen schnellen Stellungskrieg im si-cheren Schützengraben des Schlafzimmers gehofft, ohne all diese aussichtslosen Aktionen, über die sie sprechen. Von Aktionen dieser Art hatte sie für eine Weile genug.

Sie grübelt über andere Lösungen nach. Da sie auf Anhieb keine findet, zieht sie es vor, zu schweigen und an der Generalprobe teilzunehmen, die Senior arrangiert.

Nacheinander sprechen sie ihre Rollen durch, geben Stichworte und agieren. Es kann viel passieren. Das meiste haben sie einkalkuliert. Einiges steht fest, anderes wieder muss eventuell improvisiert werden – sie hofft, so wenig wie möglich.

Und wenn jetzt draußen vor der Wohnungstür Publikum steht, in der ersten Reihe, mit hervorragender Akustik?

»Nein, das ist ziemlich unwahrscheinlich«, meint Senior, schickt aber Finn raus, um nachzusehen. No spies, no agents, no human beings at all. Na gut, aber es hätte ja sein können.

Die Frau nimmt sie mit ins Bad und verarztet sie, öffnet die Verbände, trägt Salbe auf. Währenddessen starrt Hilke gegen die Zimmerdecke. Sie hat genug von ihren Wunden gesehen, will das Essen möglichst im Magen behalten. Was sie auch sagt, als die Frau fragt, warum sie wegsieht.

«Verständliche Reaktion», meint die. Sie stellt Fragen, wirft Hilke kurze, prüfende Blicke zu. Wahrscheinlich will sie wissen, wie es um die Psyche der Patientin steht. Kontrollieren, ob ihre Seele Schaden genommen hat, inwieweit sie ihre Erlebnisse verdrängt.

Hilke will diesen Engel nicht enttäuschen, sie will ihr entgegenkommen, und offensichtlich gelingt es ihr.

«Gefahr vorüber, Leute, unsere Meerjungfrau hat eine stabile Psyche, vielleicht noch ein bisschen angeschlagen, aber heil und gesund.»

Die Frau nimmt Seniors Bericht mit, als sie die Wohnung verlässt. Er verschwindet unter ihrem isländischen Wollumhang. Sie gibt ihnen zu verstehen, dass sie von jetzt an am besten völlig isoliert bleiben sollten. Isoliert hin oder her, Finns Programm besteht darin, sein «normales» Leben zu leben.

27

Es wird Nacht. Die Sonne ist längst rot glühend hinter einer Staubschicht vom Schmelzwerk untergegangen, die Luft sieht wieder rein aus. Nach und nach erlöschen die Bürolichter auf Gløshaugen, die Diplomingenieure und Studenten machen Feierabend. Oben in Richtung Heimdal befinden sich Fliegenscharen auf Paarungsflug, vor und zurück, vor und zurück. Ab und zu treffen sie auf das andere Geschlecht und schaffen rosige Zeiten für Autowerkstätten und Tempo-30-Anhänger.

Die Zelle auf der zehnten Etage ist zur Nachtruhe übergegangen. Man kuschelt sich unter Daunen- oder Wolldecken, je nach Stand und Status.

Finn will reden. Er robbt näher an sie heran, schiebt einen Arm unter ihren Nacken und wird vertraulich. Hilke versteift sich. Verdammt, das hätte er sich verkneifen sollen. Ihr ist ganz und gar nicht nach einem Plauderstündchen zumute – sie will schlafen. Versucht, ihm das klar zu machen.

Er versteht. Zieht den Arm zurück, gibt ihr einen Gutenachtkuss auf die Wange und rollt in seine Betthälfte zurück. Meine Güte, er hat überraschend schnell kapiert, sie ist richtig stolz auf ihn. Schon bald werden seine Atemzüge tief und gleichmäßig.

Die Herbstnacht ist dunkel. Undurchdringlich dunkel. Wie eine Wand. Es ist so schwierig, konzentriert nachzudenken, wenn man keine Konturen unterscheiden kann. Hilke hat Lust nachzudenken. Daliegen und die Schatten im Zimmer mit Blicken verfolgen, den Gedanken freien Lauf lassen. Unmöglich, wenn es stockfinster ist wie jetzt. Hat sich der Hausherr Gardinen aus Zement angeschafft? Sie steht leise auf, fasst in einen dicken, dunklen Stoffvorhang und zieht ihn etwas zur Seite. Die Lichter der Stadt sickern ins Dunkel des Zimmers. Jetzt ist es besser. Sie lächelt erleichtert.

Nach einer Weile bekommt sie Kopfschmerzen. Grübeln in der Zeit zwischen Mitternacht und den frühen Morgenstunden ist anscheinend ungesund. Da sollte man schlafen oder Liebe machen. Ein Zitat von Lille-Kjell. Er nannte das seine «viel erprobte These». Lille-Kjell. Der Gedanke an ihn überwältigt Hilke. Sie schreckt hoch, schnappt nach Luft. Im Schlafzimmer ist es stickig, sie geht hinaus in den Flur. Auf dem Weg zur Küche wird ihr schlagartig bewusst, dass sie dabei ist, die Alarmbereitschaft ihrer Mitbewohner zu testen. Sie sind bestimmt wach. Wach und auf der Hut wie Pfadfinder. Wahrscheinlich steht Ricky mit großen Augen hinterm Sofa und fragt sich, was das Weibsbild will.

Sie hat Lust, etwas in den Mund zu stecken, das beim Kauen so viel Lärm macht, dass ihre Gedanken übertönt werden. Knäckebrot wäre ideal. Vielleicht sollte sie in die Dunkelheit flüstern, dass sie scharf auf ihn ist, seiner Eitelkeit ein bisschen schmeicheln. Ihm für den Rest der Nacht etwas zum Nachdenken geben. Aber um eine eventuell auftretende, peinliche Erektion zu vermeiden, ist es wohl besser, den Mund zu halten und das Selbstverständnis seines Berufsstandes zu schonen.

Die Gewissheit, dass sie sich mit ihm im selben Zimmer befindet, bereitet ihr körperliches Unbehagen. Sie wirft einen Blick auf das Sofa, und richtig – da liegt er, wie der Mann im Mond, grün im Gesicht vom Widerschein des Aquariums.

Sie schmiert Butter auf das Knäckebrot. Eine dicke Scheibe grobes Wasa mit Rotkäse. Dort wo sie aufwuchs, hieß nämlich der Rotkäse Rotkäse. Jede andere Bezeichnung galt nur als Wichtigtuerei von Außenstehenden.

Sie balanciert Teller, Tasse und eine Thermoskanne Kaffee ins Wohnzimmer. Schnappt sich einen Fußschemel und platziert sich vor das Aquarium. Sie haben gesagt, sie solle so tun, als ob sie gar nicht da wären. Also gut, jetzt sitzt sie hier und tut so. Knabbert Knäckebrot, schlürft Kaffee, glotzt die Fische an und tut als ob. Mehr können sie nicht von ihr verlangen.

Bestimmt knabbern die Fische da drinnen auch Knäckebrot. Ihre Mäuler bewegen sich unentwegt. Es müssen B-Menschen sein – mit hellwachen Augen stieren sie in den Plastikwald. Schwerelos liegen sie über dem Boden des Aquariums, glotzen und kauen vor sich hin. Was sie wohl sehen mögen? Der rote da zum Beispiel, der aussieht wie ein ziemlich mickriger Algendorsch. Was sieht er in seinem gläsernen Ozean? Vielleicht schläft er sogar. Mit offenen Augen im Tiefschlaf.

Hilke erinnert sich an einen Dorsch, der unbewegt mitten in einem Algenwald stand. Ein richtiges Prachtexemplar mit Spitzbart. Er schlief tief und fest, viel-

159

leicht war er auf Zechtour gewesen. Als er aufwachte, befand sie sich drei oder vier Meter von ihm entfernt. Wie gelähmt war er, der König des Algendschungels, total blockiert das kleine Gehirn, als er sich diesem riesigen schwarzen Ungeheuer gegenüber sah. Lange Sekunden vergingen, bevor er zu sich kam. Das arme Geschöpf war völlig überfordert, alles ging viel zu schnell. Er ergriff die Flucht, sicherlich. Seine Rückenflossen streiften sie in der Bauchgegend, als er wie ein Torpedo an ihr vorbeischoß. Angriff? Wohl kaum. Nur eine etwas unglücklich gewählte Fluchtroute. Hilke hatte einen gehörigen Schrecken bekommen, hatte sich erst mal zum Verschnaufen auf dem Meeresboden niedergelassen. Schließlich war der Anblick nicht gerade schön gewesen, als er direkt auf sie zugeschossen kam.

Die Knäckebrote sind verzehrt. Sie bleibt sitzen. Sitzt schwerelos auf dem Schemel und stiert mit leerem Blick in ein gläsernes Meer.

Der Morgen bricht an. Tag, Nacht, ein neuer Morgen. Nichts passiert. Finn kommt und geht. Es wird gekocht, gegessen. Licht wird an- und ausgeschaltet. Ihre Schenkel brennen und jucken. Zeitungen werden gelesen, genauestens studiert. Große Schlagzeilen, Bilder. Ein dunkles Passfoto von Hilke. Von Utvær, dem Taucherboot, den Kameraden – Nelly. Nelly, felsenfest überzeugt im Interview. Die Froschdame war da, fiel ins Wasser und benutzte ihre Dusche im Keller. Ist einfach abgehauen mit ihren Klamotten. Keine Urlauberfamilie übernimmt die Verantwortung für sie, sie ist und bleibt ein fremder Vogel. Die Presse spekuliert. Stellt Fragen und legt sich Antworten zurecht. Sie muss auf wundersame Weise an Land gekommen sein, man forscht nach Personen, die ihr geholfen haben. Negativ. Gedächtnisverlust lautet die Theorie, auf die sie sich einigen. Ein handfester Blackout. Sicher irrt sie ziellos umher. Eine verbale Zeitungsjagd beginnt. Der Fernfahrer meldet sich, auch die Servererin, die sich über zwei Tassen Kaffee mit vier Stücken Zucker wunderte. Dann lassen das Krisenzenter von sich hören und die Bekanntschaft vor dem Pub. Die Beweise sind glasklar. Aber wo? Darauf gibt die Glaskugel keine Antwort.

Aber was ist mit dem Motorradfahrer, ganz zu schweigen von dem frisch gebackenen Polizistenjüngling? Von ihnen wird nirgends berichtet. Die haben wohl guten Grund, die Schnauze zu halten – alle beide. Zu gerne hätte sie Sherlock Holmes' Gesicht gesehen, als er kapierte, wen er da aufgefordert hatte, zur Bürozeit wiederzukommen. Hilke gönnte ihm eine kleine Degradierung, und wie sie sie ihm gönnte!

Dann kommen die Nachrichten mit einer interessanten Neuigkeit. In Trondheim wurde ein Dealer verhaftet, in dessen Besitz sich wertvolle Steine befanden – Edelsteine. Der Betreffende gab im Verhör zu, die Steine als Bezahlung für Stoff von einer im Milieu unbekannten Frau erhalten zu haben. Es hatte sich wahrscheinlich nicht ausschließlich um Stoff für den Eigenbedarf gehandelt – die Steine wurden von Fachleuten als sehr wertvoll eingeschätzt und der Handel war von großem Umfang gewesen. Zahlen nannte der Reporter nicht, aber der Fall würde weiter untersucht werden, hieß es.

In den Spätnachrichten kam das Ergebnis der Untersuchung. Die Steine stammten aus einer Ausstellung der niederländischen Juwelenfirma Van Hujin Ltd. und der Handelsbank in Ålesund vor zwei Jahren. Eine Veranstaltung, die auf die Investitionslust des norwegischen Erdölkapitals setzte. Dass die Niederländer mit leeren Händen heimkehrten, war damals mit keinem Wort in der Presse erwähnt worden. Jedenfalls konnte Hilke sich an keine Schlagzeile erinnern. Die Sache war wohl hinter verschlossenen Türen geregelt worden. Interner Frühjahrsputz.

Aber warum hatten die Idioten auch die Originale geschickt? Sogar Königinnen und ihresgleichen prahlen auf Krönungsfeiern und anderen Festlichkeiten mit Kopien ihrer Schmuckstücke. Hilke versteht überhaupt nichts mehr. Und wer soll diese stoffgeile Frau mit den Steinen sein? Die Parallelen sind zu eindeutig, das Ganze stinkt nach Taktik.

Sie muss sich Klarheit verschaffen, marschiert schnurstracks zu Junior. Doch der ist gerade beschäftigt, bohrt in der Nase. Ständig macht er das, er bohrt und flitscht dann den Popel weg. Hilke ekelt sich. Er redet über Kriege! Nasenschleimkriege. Steckt den Zeigefinger diskret ins Nasenloch, mit glasigem, genießerischem Blick. Er dreht den Finger herum, findet etwas, flitscht es weg. Angewidert starrt Hilke ihn an, bis er sie endlich bemerkt. Da grinst der Idiot und zwinkert ihr zu. Hilke gibt auf, der Typ ist ein hoffnungsloser Fall.

Senior hat offensichtlich eingesehen, dass es seine Arbeit nicht beeinträchtigt, wenn Hilke in die Pläne eingeweiht wird. Sie erfährt, dass sie eine Zwillingsschwester hat, die in der Stadt herumläuft. Ein polizeilich ausgebildeter Lockvogel. Warum sie ihr das nicht schon längst mitgeteilt haben? Er verweist auf ihre Nerven, die schließlich schon mehr als genug strapaziert worden seien. Hilke bedankt sich für die Fürsorge. Beißt die Zähne zusammen und verflucht das typisch männliche, ritterliche Gehabe. Vollidioten. Wozu sitzt sie überhaupt hier herum? Wozu die ganzen Vorbereitungen und einstudierten Verhaltensregeln? Ach so, das gehört zum Gesamtkonzept. Von höchster Bedeutung. Wenn der Zeitpunkt günstig ist, wird der Lockvogel Finns Wohnung aufsuchen. Ach so. Und dann werden ihre mutmaßlichen Verfolger also vor Schreck in Ohnmacht fallen, wenn sie entdecken, dass es sie in doppelter Ausführung gibt? Sie werden sich auf die Schenkel schlagen und ausrufen: Meine Güte, gibt es euch zweimal? Jeder Spielfilm im Fernsehen ist glaubwürdiger als dieser Blödsinn hier.

Hilke fühlt sich mies. Ihre Zinnsoldaten leben in einem anderen Zeitalter, scheint es. Senior labert immer weiter. Sie hört längst nicht mehr zu, verfällt in Apathie. Es ist absolut kein Verlass auf diese Leute, sie hat kein Vertrauen zu ihnen. Die Welt verschwindet in dichtem Nebel, das einzig Handfeste ist ein mit Wasser gefüllter Behälter mit grünen Plastikpflanzen, Fischen und Luftbläschen.

Immer häufiger sitzt sie vor dem Aquarium, beobachtet die geschäftig umherschwimmenden Geschöpfe da drinnen. Oder sie sitzt einfach nur da, ohne irgendetwas zu sehen. Die ganze Zeit glaubt sie, Bohren und Schnippen zu hören. Außer Finn kommt niemand. Niemand redet, man wartet nur.

Blasen steigen an die Oberfläche – zerplatzen. Neue folgen. Es ist, als würde sie ersticken in dieser Sinfonie aus Platz- und Schnippgeräuschen. Nachts sitzt sie da, wach. Tagsüber schläft sie zwischen Essen und Zeitunglesen. Die Zeitungen interessieren sie bald nicht mehr. Ein übler Geruch nach Guano steigt von ihnen auf, die ganze Wohnung stinkt danach.

Sie sprechen Hilke an. Sie antwortet höflichkeitshalber. Finn redet. Ihm antwortet sie auch. Ja, nein, ich bin müde, frag nicht so viel, ja, nein. Nachts windet er sich, will sie trösten. Tätschelt sie und streichelt ihre Arme. Sie lächelt pflichtbewusst und sagt: «Du bist so lieb.» Er sieht verwirrt aus. Sie kann ihm nicht helfen. Dann liegt er da, wälzt sich unruhig hin und her und hört sich an, als stünde er kurz vorm Orgasmus. Sie bittet ihn, ruhig zu sein. Keine Antwort, nur dieses Hin und Her, Hin und Her. Schließlich landet sie wieder auf dem Schemel vor dem Aquarium.

«Geh ins Bett!», kommt es aus der Ecke hinter dem Sofa. «Leg dich um Himmels willen wieder ins Bett!» Hilke zuckt vor Schreck zusammen. Ist da jemand? Haben die Schatten zu sprechen begonnen? Einbildung. Sie bleibt sitzen. Sinkt auf den Fußboden und schläft in der Morgendämmerumg ein.

Wenn sie wach wird, ist Finn schon weg. Sie geht ins Schlafzimmer, sinkt auf das Bett, bleibt liegen, unfähig aufzustehen. Bleibt dort liegen, bis etwas geschieht. Schläft ein, wird wach. Plötzlich geht ihr auf, dass sie eine Gefangene ist – eingesperrt. Die Gefängniswärter sitzen vor der Tür, the Brute and the Daddy. Lederstiefel. Jetzt muss sie ihre Stiefel putzen, putzen und polieren, bis sie wie schwarze Sonnen glänzen. Senk den Kopf, putze. Wenn sie Glück hat, geht der Tritt daneben. Glück? Nur Narren setzen aufs Glück. Hat sie schon einen Tritt abgekriegt? Ihr Körper ist bleischwer. Mühsam richtet sie sich im Bett auf, zieht das Hemd hoch und sieht ihre Bandagen. Komisch – bis jetzt hat sie sie noch gar nicht näher betrachtet. Vorsichtig zieht sie die Klebestreifen ab, klappt den Mullverband zur Seite. Eine hässliche gelbe Kruste kommt zum Vorschein, deren Ränder sich leicht mit den Fingern lösen lassen. Nur in der Mitte sitzt er fest, der Parasit, der ihr das Leben aus dem Körper saugt. Mit einem Ruck reißt sie die Kruste ab. Blut und Eiter quellen hervor und rinnen auf das Bettlaken. Der Schmarotzer auf dem anderen Oberschenkel erfährt die gleiche Behandlung. Endlich ist sie befreit, endlich kann sie wieder frei ins Leben hinauswandern.

Hilke schleicht sich lautlos aus dem Zimmer, nähert sich langsamen Schrittes der Wohnungstür. Sie darf auf keinen Fall ihre Wärter wecken. Vorsichtig drückt sie die Türklinke runter.

Da ist der Polizeihund schon über ihr. Sie landet auf dem Bauch, das Gesicht im Dreck des Bodens, die Hände auf dem Rücken. Unschädlich gemacht. Ein schulmäßiger Griff, korrekt ausgeführt. Sie wehrt sich verzweifelt, zappelt und brüllt, außer sich vor Wut und Enttäuschung. Bespuckt und beschimpft ihren Angreifer, während sie ins Wohnzimmer getragen wird.

Die Schmerzen in ihren Armen vertreiben den Nebel aus ihrem Kopf. Schlagartig wird ihr bewusst, in welche Situation sie sich begeben, was sie da eigentlich vorgehabt hat. Die Wunden an ihren Oberschenkeln brennen, sie merkt, dass sie im Begriff ist, den Halt zu verlieren, sieht den Senior flehentlich an. Stumme Bitte, stummes Versprechen. Er ist kein Anfänger auf dem Gebiet menschlichen Unglücks. Er weiß, wo die Grenzen verlaufen. Er hat sie die ganze Zeit über genau beobachtet, das Spiel hinter den Kulissen verfolgt, er wusste, dass etwas geschehen musste. Insofern ist sie ihm zuvorgekommen, und das hat ihm einen Schreck eingejagt, einen Schreck, der das Blut in den erfahrenen Adern schneller pulsieren ließ. Ist er im Begriff, die Kontrolle zu verlieren?

Hilke stöhnt auf, als sie den Arm bewegt. Sofort ist er zur Stelle. Kleine Schweißperlen bilden sich auf seiner Nase, als er ihren Arm fachmännisch untersucht. Ein ungeschriebenes Gesetz missachtend, weist er seinen Kollegen zurecht. Sagt, dass es ja wohl verdammt unnötig war, sie wie einen Schwergewichtboxer zu behandeln. Ob der Arm gebrochen ist? Er glaubt, ja. Gebrochen oder angebrochen. Das bedeutet Gips und Krankenhaus. Das bedeutet, dass die Warterei hier vergeblich gewesen ist. Das bedeutet wieder neue Menschen und Gebäude, neue Zimmer, neue Ängste. Und erneutes Warten.

Hilke bittet und bettelt. Argumentiert wie besessen, damit sie diese Wohnung nicht verlassen muss. Sie glaubt nicht, dass der Arm gebrochen ist, und wenn doch, will sie schriftlich bestätigen, dass sie lieber auf ärztliche Behandlung verzichtet als zum Gipsen ins Krankenhaus zu gehen.

Senior sieht sie mit schiefem Lächeln an, redet ihr gut zu. Schließlich wissen sie beide, dass die Gefahr für eine Weile vorüber ist. Sie hat ihren Halt wiedergefunden.

Sie ruft Finn an, bittet ihn, Baguette und Rotwein zu besorgen. Für ihn ist das die Botschaft, die Polizeiärztin zu bestellen, eine nicht ganz ungefährliche Aktion, aber der Senior besteht darauf. Kurze Zeit später erscheint die Ärztin. Das Ergebnis sind neue Verbände und ein Arm in der Schlinge. Nicht gebrochen, aber kurz davor. Bettruhe wird verordnet, Hilke willigt ein ohne Murren. Sie kann sich denken, dass die anderen jetzt eine Menge Gesprächsstoff haben – und sie verspürt keinerlei Neugier mehr.

28

Es ist Feierabend. Im Treppenhaus herrscht Betriebsamkeit. Die Leute kommen mit leeren Mägen nach Hause in ihre 60 bis 80 Quadratmeter Privatsphäre. Hilke hört die Eingangstür zuschlagen. Da ist wohl die Ärztin gegangen. Zweimal langes Klingeln – Finn kommt. Sie hört, wie der Schlüsselbund auf den Steinboden fällt, wie er die Tür aufschließt. Gut – er scheint alleine zu kommen. Leise ruft er ihren Namen. Alles klar, abgesprochenes Spiel. Sie gibt ihnen Zeit für den Kontrollgang. Der Zwilling schläft und ihr wäre es recht, wenn er das noch eine Weile täte. Ist dankbar, ihre Ruhe zu haben. Finn steckt den Kopf zur Tür herein, wedelt mit Rotweinflasche und Baguette. Was für eine Verpflegung! Sie hätte Whisky und einen dicken Kopf vorgezogen.

«Um die temperamentvollste Frau des Jahrhunderts zu feiern», sagt er. Vielen Dank, Witzbold. Er klettert zu ihr auf das Bett, füttert sie mit großen Brotstücken und reicht ihr sauren Rotwein zum Nachspülen. Zwischendurch bekommt sie feuchte Küsse auf Nasenspitze und Stirn. Er muntert sie auf. Der Rotwein versetzt sie in Kicherlaune, am liebsten würde sie eine Kissenschlacht anzetteln. Mit einem Arm in der Schlinge und bandagierten Beinen funktioniert das nicht, also sitzen sie, Brot kauend und Wein süffelnd, zusammen. Finn, lieber guter Finn. Sie schmiegt sich an ihn und vergräbt den Kopf in seiner Halsgrube.

Sie findet neues Personal vor, als sie durstig in die Küche kommt. The Brute wurde ersetzt durch the Handsome. Neuer Soldat mit Sozialarbeiterblick. Jemand, der sie verstehen, beruhigen und vermutlich menschlich beraten soll. Sie nickt leicht säuerlich zurück, als ihn Senior ihr vorstellt. Jetzt ist sie also Patientin.

Er will unbedingt Yatzy spielen. Lässt nicht locker, bis sie sich ihm widerwillig gegenübersetzt und die Würfel rollen lässt. Eine moderne Ausgabe von Villemann und Magnill. Sie bezweifelt allerdings, dass er Geige spielen kann. Sie fragt ihn. Er sieht auf und meint, selbstverständlich könne er Geige spielen. Das gehört zu diesem Spiel. Gut. Dann weiß sie ja, mit wem sie es zu tun hat. Ein Geige zupfender Sozialarbeiter mit Glauben an die Möglichkeiten des Würfels.

Sie spielen weiter. Sie bekommt Häuser, baut Türme und Schlösser und lässt ihn außerhalb des Befestigungsgrabens stehen. Reicht ihm nicht einen einzigen Zopf zum Heraufklettern. Er muss das schon selber besorgen, wenn er auf Teufel komm raus hinein will.

Er fragt nach ihrem Namen. Hilke. Warum k anstatt h? Sie leiert die oft bewährte Begründung vom nicht schreibkundigen Priester herunter. Er sagt «ach was!» und wartet ab. Sie lässt ihn warten, weiß tatsächlich selbst nicht, warum sie mit diesem Namen herumläuft. Der Name sei völlig in Ordnung, meint er. So sei es auch gar nicht gemeint gewesen. Aber warum? Warum? Wahrscheinlich wurde während der Schwangerschaft ein spannender Roman gelesen, was weiß denn sie. Hat nie nachgefragt. Vorwitznase. Interessant, sagt er. Ungewöhnlich und interessant.

Er hat auch einen interessnten Namen. Vidar. Vidar? Es gelingt ihr nicht, übermäßig viel Interesse an den Tag zu legen. Er hebt eine Augenbraue und fragt, ob sie wirklich noch nie gehört hat, welche Aufgabe Vidar am jüngsten Tag zufällt. Ist ihr denn die Mutprobe, die Vidar bestehen muss, wenn Ragnarök kommt, gänzlich unbekannt? Du liebe Zeit. Ist er deshalb hier – um auf Ragnarök zu warten?

Der arme Wicht, er ist ärmer dran als sie. Nicht nur, dass er zu viel nordische Mythologie gelesen hat, er glaubt auch noch daran. Sie kann sich nicht recht an die Sache mit Ragnarök und Vidar erinnern, wird ein bisschen neugierig, ob der Typ richtig referiert oder sich nur interessant machen will. Sie steht auf und geht an Finns wohlsortiertes Bücherregal, es dürfte doch etwas darüber unter all den gesammelten Weisheiten zu finden sein. Sie möchte ihr Wissen lieber aus anderen Quellen beziehen als von jemand, der sich selbst als Messias der Menschheit sieht. Schließlich stößt sie auf ein Buch mit

Geschichten aus der nordischen Sagenwelt, blättert ein bisschen darin und liest sich fest. Der Bursche sagt die Wahrheit oder vielmehr: er referiert die Wahrheit. Vidar soll die Menschheit oder, besser gesagt, die Gottheit vor den Gifttropfen des Fenriswolfes retten. Er soll sein Schwert in dessen sabbernden Rachen bohren und die Seveso-Giftwolken blockieren. Hilke friert. Zittert leicht vor diesem Aberglaube und der uralten Göttermär. Lächelt matt und schlägt das Buch zu.

Das ist etwas anderes als der blutleere Luther und die anämischen Kirchenväter. Vidar soll also die Welt erretten. Die ganze Welt oder nur die traditionelle Hälfte? Nein, es war die Rede von der ganzen Welt. Kein Wort über Frauen und Kinder zuerst in die Rettungsboote. Die Rettungsboote, die regelmäßig zu Kleinholz geschlagen werden. Überall auf der Welt. Und die Sea King rettet das brave Patriarchat.

Lustiges Kerlchen. Sie bittet, sein Schwert sehen zu dürfen. Das hat er ja wohl dabei, zumal Ragnarök an diesem Ort eintreten soll. Aber nicht doch, sie kann schlecht erwarten, dass er es zu jeder x-beliebigen Zeit vorzeigt? Hilke beißt sich auf die Unterlippe und weiß nicht, was sie davon halten soll. Er ist nicht nur «the Man in Show» auf diesem Rettungsball, der Typ hat es sich auch noch zum Ziel gesetzt, den modernen Askeladd zu mimen. Einen, der nie um eine Antwort verlegen ist. Hilke seufzt tief. Solche Typen sind nur in geringen Dosen genießbar, spätestens bei der siebten Wiederholung tödlich langweilig.

Und dennoch – da ist etwas – so wie es in den «wahren Geschichten» der Illustrierten geschrieben steht. Irgendetwas ist da. Es muss der Nacken sein, nicht etwa ein Specknacken, nein, diese sanfte Wölbung, das dunkle Haar, das in weichen Flaum übergeht und im T-Shirt verschwindet. Sie hat Lust, mit dem Finger darüberzustreichen – ob es sich genauso weich anfühlt, wie es aussieht?

Sie vergräbt den Finger und die restliche Hand tief in der Hosentasche. Sicherheitshalber. Verdammter Finger, er streichelt wie von selbst dort weiter. Sie zieht die Hand wieder heraus und lässt die Fingerkuppen über ihren Arm gleiten. Weiche Haut. Samtiger Flaum. Plötzlich Gänsehaut, grobkörnig. Dann Wärme. Pulsierendes Blut. Die Haut glättet sich wieder.

So lange war Eva aus dem Paradies verbannt. Jetzt ist sie wieder auf dem Weg hinein. Glücklicherweise. Dann wurde sie also nicht bis in alle Ewigkeit in ein graues Westlandbootshaus eingesperrt. Sie hat sich befreit.

Sie lässt die Hormone rasen. Sie sieht ihr Schicksal, vor langer Zeit einem aufgerissenen Wolfsrachen gegenüber, und nun Vidar hier und jetzt. Ein zufälliges Zusammentreffen? Ja, natürlich. Aber sie lässt dem Aberglauben freien Lauf und ihren Gefühlen freie Bahn, ist heilfroh, wieder so etwas empfinden zu können. Und danach? Ein Danach gibt es nicht. Es gibt nur das Jetzt.

Sie hat Lust, Kaffee zu servieren. Vidar kommt ihr zuvor. Gott sei Dank, so bleibt ihr erspart, in die typisch weibliche Rolle zu verfallen.

29

Da sitzen sie nun. Finn, Senior, Vidar und sie – Madonna immobile. Sie trinken Kaffee, knabbern englische Kekse mit Vanillefüllung. Eine nette Gesellschaft. So gemütlich. Sie spürt, wie sich ihr Wissensdrang allmählich vom Krankenlager erhebt. Sie stellt wieder Fragen. Ob sie glauben, dass ihnen diejenigen, hinter denen sie her sind, in die Falle gehen und herkommen werden. Ja, das hoffen sie doch stark. Mehr können sie im Moment nicht tun. Alle anderen Aktivitäten sind bisher erfolglos verlaufen. Das Boot hat man allerdings inzwischen ausfindig gemacht. Es war auf falschen Namen ausgeliehen worden. Direktor so und so, unglaublich, worauf die Leute hereinfallen. Außerdem hatte der Verleih eine hübsche Summe Kaution erhalten, da stellt man nicht so viele Fragen.

Ob die «Direktoren» anbissen, hing im Grunde davon ab, ob sie den Lockvogel akzeptieren würden. Und dessen Identität müsste glaubwürdig erscheinen. Man ließ sie in der Stadt als Dealerin auftreten. War da der Gegensatz zu ihrem früheren Leben nicht zu krass? Niemand würde ihr die plötzliche Verwandlung von der unbescholtenen Bürgerin zur Drogendealerin abnehmen. Hilkes «kriminelle» Vergangenheit beschränkte sich auf die Teilnahme an ein paar harmlosen politischen Demonstrationen, das Zusammenleben mit einem Mann in «wilder Ehe» und die Opposition gegen die Kirche. War das für eine anständige Verbrecherlaufbahn nicht ein bisschen wenig?

Die Expertenrunde am Tisch war anderer Ansicht. Emanzen wie sie waren und bleiben im Ansehen der Gesellschaft suspekt. Lila Schal und undurchsichtiger Freundeskreis waren ausreichende Indizien. So eine hatte schon immer Schurkenblut in den Adern, es war eben jetzt erst so richtig in Wallung geraten. Hilke blickte in die unschuldigen Pokermienen und beschloss, sich nicht von ihren Bemerkungen provozieren zu lassen. Irgendwie hatten sie sogar Recht, derlei Raster spukten wohl immer noch in den Köpfen der meisten Leute herum. Blieb nur zu hoffen, dass auch ihre Henker die Story schlucken würden. Mit ein bisschen Salzwasser als Zusatz.

Aber sie hatten nur einen einzigen Versuch. Ihre Doppelgängerin durfte nur einmal bei Finn auftauchen, sonst würde die Sache auffliegen. Schließlich würde Finn keiner polizeilich gesuchten Person Unterschlupf gewähren, dafür war er einfach zu bürgerlich. Ein paar Minuten, vielleicht eine Stunde dürfte sie sich in seiner Wohnung aufhalten, bis die Polizei aufkreuzen würde.

Hilke fühlte sich total schizophren. Sie? Und sie. Komisch, diese Verdoppelung. Sie war hier, hielt sich schon lange hier auf. Aber davon wusste niemand. Dann würde «sie» kommen und mit maximal einer Stunde Besuchszeit abgespeist werden, wovon aber dann möglichst viele Leute Wind bekommen sollten. Aber warum war sie eigentlich hier, sie, Hilke? Streng genommen ergab das keinen Sinn. Sie meinten, dass es schwierig sei, einen wirklich sicheren Ort für sie ausfindig zu machen, irgendwo gab es immer eine undichte Stelle und für Geld wird so manche Information verkauft.

Sie warf Finn einen verstohlenen Blick zu. Wie sah seine ökonomische Lage aus? Er würde wohl ein Stück von diesem Kuchen abbekommen. Die Illusion, dass Menschen aus reiner Nächstenliebe handeln, hatte sie schon vor langer Zeit abgelegt. Sicher tat er vieles auch ihretwegen. Aber trotzdem, diese Sache lieferte ihm Stoff genug für ein ganzes Buch. Und das würde garantiert ein Bestseller. Finn kannte sich auf dem Markt aus, wusste, was gefragt ist.

Und Vidar? Sein Motiv lag klar auf der Hand: Er war im Dienst. Es war zwar kein normaler Acht-Stunden-Job, aber nichtsdestotrotz ein Job. Punktum. Ob er die Sache später in Buch- oder Artikelform ausschlachten würde? Unwahrscheinlich. Polizeijungs mit sozialen Ambitionen verkauften sich nicht an die Regenbogenpresse. Das hatte bestimmt etwas mit Berufsethos zu tun. Was er in sein Tagebuch schrieb, ging sie schließlich nichts an.

Und Senior? Von seinen literarischen Werken hatte Hilke eine Kostprobe erhalten. Berichte. Nüchtern, mit riesigem Zeilenabstand.

Und was war mit ihr? «Mein Leben mit drei Männern.» Das wäre eine echte Schlagzeile. Der Titel allein würde schon eine Menge Einnahmen bringen, sogar mit leeren Seiten über und unter dem Ladentisch verkauft werden. Genauso inhaltsreich wie der Rest dieser Dreckslektüre.

Sie, die andere, soll Finn am nächsten Tag abfangen, wenn er von der Arbeit nach Hause kommt. Sie soll einen verwirrten und verzweifelten Eindruck machen und mit Finn nach oben gehen. Als Passanten getarnte Beamte tragen dafür Sorge, dass die Henker nichts unternehmen können, bevor die beiden die Wohnung betreten. Wenn sie an ihr Zielobjekt und deren «Gepäck» heranwollen, müssen sie sich Eintritt in Finns Wohnung verschaffen. Und sie müssen rasch handeln, bevor Finn die Polizei benachrichtigen kann, wie man es von einem braven Bürger erwartet. Es hörte sich simpel an, fast banal. Auf der anderen Seite hatte Hilke keine Vorstellung davon, wie sich eine solche Aktion in der Praxis abspielte. Und juwelengeilen Männern, die sich in die Enge gedrängt fühlten, war eine derartige Verzweiflungstat vielleicht zuzutrauen.

Und sie, das Original, würde man wohl in den Besenschrank oder zu den Wollmäusen unters Bett verbannen. Am besten würde sie sich in Luft auflösen. Nicht, dass sie empfindlich war, nein, im entscheidenden Moment sähe sie sich nur am liebsten außer Reichweite, vielleicht kriecht sie ja in den Badewannenabfluss. Das Badezimmer, ja, natürlich, dort wird sie sich aufhalten, in der Dusche, versteckt hinter deren eisblauem Vorhang. Jedenfalls wollte sie sich nicht unter ein Bett quetschen, alle viere von sich gestreckt. Wie dem auch sei, sie würde es schon so hinkriegen, wie sie es wollte. Sie würde vorgezeigt werden müssen, um Skeptiker zu überzeugen, dass sie wirklich die richtige Person sei. Wenn alles verlief wie geplant. Wenn.

Die anderen schickten sich an, schlafen zu gehen. Hilke bummelte absichtlich, um noch ein bisschen mit dem Erretter der Welt im Wohnzimmer alleine zu sein. Bei dem Gedanken, mit Finn ins Schlafzimmer zu gehen und Vidar hier zurückzulassen, ließ sie sich noch mehr Zeit. Natürlich bemerkte er ihr merkwürdiges Verhalten, tat aber nichts, um ihr die Entscheidung leichter zu machen. Kein Wort, kein Wink, keine Erklärung. Erklärung? Was gab es da auch groß zu erklären? Verwirrt und verärgert über ihr hilfloses Jungmädchengehabe murmelt sie gute Nacht und trollt sich errötend aus dem Zimmer. Das hier war wirklich lächerlich. Höchste Zeit, wieder ein normales Leben zu führen, ihren Hormonhaushalt zu regulieren. Und nicht irgendwelche dahergelaufenen Männer zu verwirren. Verwirren? Idiotin. Er war ganz und gar nicht verwirrt. Sie war diejenige, die den Kompass verloren hatte.

Das Bett war warm und schwer. Finn murmelte und erzählte vor sich hin, schwieg, als er bemerkte, dass sie nicht darauf einging. Er zögerte einen Augenblick, nachdem er ihr einen Gutenachtkuss gegeben hatte, sah ihr einen Moment lang forschend ins Gesicht. Sorry man – not for you. Sie flüsterte einen Gruß und drehte ihm den Rücken zu. Er akzeptierte die Abfuhr ohne den leisesten Protest, wohlerzogen und diskret, niemals aufdringlich und ohne jeden Hang zur Gewalt. Er zog sich zurück und dachte an den kommenden Tag.

Plötzlich kam ihr in den Sinn, was Finn morgen alles zustoßen konnte. Sie lag hier und kultivierte ihre eigene Gefühlswelt, während Finn – egal wie man es drehte und wendete – sich auf einen schrecklichen und gefährlichen Tag einstellen musste. Gott, wie egoistisch sie doch war. Beschämt drehte sie sich um und brachte das Thema zur Sprache. Volltreffer. Er sprühte vor Energie bei dem Gedanken an den nächsten Tag, sein Blick erstrahlte wie Kinderaugen vor dem Weihnachtsbaum. Sie seufzte und rollte sich wieder auf die andere Seite. Es lebe der kleine Unterschied! Kugeln und Schießpulver, Zinnsoldaten und Panzer, Tod und Verderb mit der

176

Atombombe an der Spitze. Prost. Ob der Trinkbecher Gift enthält, spielt keine Rolle. Hauptsache, wir haben Spaß, wenn wir Krieg führen, Panzer fahren und töten. Spaß! Und danach kann die andere Hälfte der Menschheit neu produzieren. Und wenn keiner mehr übrig bleibt, mit dem man produzieren kann? Tja, peinlich. Aber Hilke regt sich nicht mehr darüber auf, auch ist ihr nicht zum Heulen zumute. Sie stellt lediglich fest, dass ihr Cowboy keinerlei Trost braucht, jedenfalls keinen verbalen.

Nach einer Weile spielt er Räuber und Gendarm im Schlaf. Zappelt und wälzt sich und lärmt unglaublich. Von draußen muss es sich anhören wie die reinste Orgie.

Sie schnappt sich den Bademantel und geht hinaus in den Flur. Die Tür zum Wohnzimmer steht halb offen. Sie fasst sich ein Herz und tritt ein. Vidar sitzt an die Wand gelehnt und betrachtet das Aquarium. Höflich erkundigt sie sich, ob sie stört. Stört? Aber nein. Ganz und gar nicht. Er hat nur hier gesessen und wurde unfreiwillig Zeuge Neid erregender Schlafzimmerintimitäten. Ein breites, unverschämtes Grinsen geht über sein Gesicht.

«Wilde Träume», sagt sie. «Finn kämpft gegen Al Capone, die Mafia, Indianer und Löwen. Ich hab grad noch meine Haut retten können.»

So ist es gut, Hilke. Ganz locker bleiben, ein bisschen dummes Zeug quatschen, mit Worten spielen. Bloß keine langen Pausen aufkommen lassen, das ist gefährlich. Red schon, Mann! Jetzt bist du an der Reihe. Sie schweigen. Herrgott, der Typ macht es ihr wirklich nicht leicht. Sagt keinen Ton.

«Willst du dich nicht setzen?», fragt er nach einer Ewigkeit.

Nein, sie will noch ein Häppchen essen. Tee, Weißbrot mit Leberwurst und Mayonnaise. Er auch? Er auch. Hilke stellt alles in der Küche auf einem Tablett zusammen und benutzt den Schemel im Wohnzimmer als Tisch. Picknick im Grünen. Vidar stürzt sich entzückt darauf.

Sie schlürfen Twining's Earl Grey, sehen sich über den Rand ihrer Tassen hinweg an, schweigend, wortlos, verlegen lächelnd. Die Blicke werden intensiver, verlieren sich ineinander, unterdrücktes Lachen. Eine Zeit lang vermeiden sie Blickkontakt, halten den Atem an, abwartend. Der Abstand ist zu groß – ein Schemel mit zwei Tassen und zwei Tellern –, der eine im Schneidersitz, die andere mit züchtig übereinander geschlagenen Beinen, den Morgenrock über die Schenkel mit den Bandagen zusammengezogen. Kein lässiges Im-Sofa-Zurücklehnen. Glücklicherweise, raunt der Verstand. Schade, meint der Gegenpart. Hilke übernimmt die Rolle des Schwächeren, erhebt sich umständlich, geht den längsten Marsch und sinkt neben ihm nieder.

Sie pfeift auf Angebot und Nachfrage, Marktwert und Kauf und Verkauf – scheißt auf die konventionellen Gesetzmäßigkeiten im Spiel zwischen Männlein und Weiblein. Richtig ist allein die Tatsache, dass sie hier mit Vidar auf dem Boden sitzt, menschliche Wärme spürt, dass ihr Gefühl sie nicht trügt, dass er das gleiche empfindet wie sie. Ihn berühren, den Finger sanft in den Nacken legen, die weiche Haut spüren, den Flaum unter dem Hemdkragen.

Seine Finger gleiten über ihre Stirn, die Nase, die Lippen, üben sanften Druck aus.

Sie sitzt unbeweglich da, fühlt sich warm und schwer, genießt das prickelnde Gefühl.

Irgendwo da draußen wartet bestimmt jemand auf ihn, ganz sicher sogar. Aber jetzt, jetzt kann er nicht weg, er wird hier bleiben. Die ganze Nacht – und den nächsten Tag.

Egoismus? Nun ja. Verwerflicher Besitzanspruch. Okay, sie gönnt sich die kleine Schwäche. Sie verfügt nicht über ihn, sondern über seine Zeit. Und er über ihre. Sie verbringen Zeit miteinander.

Vidar, der Retter. Der den Sonnenaufgang und das Vogelgezwitscher retten soll – ihr wird richtig kitschig zumute. Im Moment sieht es noch nicht mal so aus, als sei er imstande, sich selbst zu retten. Wie gebannt betrachtet sie sein Gesicht. Es sieht so schutzlos aus, so lebendig, jede Pore scheint gierig nach Luft zu schnappen.

«Dein Gesicht ist faszinierend lebendig», sagt er. «Ein fantastisches Muskelspiel, selbst wenn du ganz ruhig dasitzt.»

Hilke lächelt, schließt die Augen und rückt noch dichter an ihn heran, sodass sich ihre Wangen berühren. Lange bleiben sie so sitzen. Sie hat gelernt, solch schöne Momente zu genießen, solange sie andauern. Jemandem zu begegnen, der die gleiche Sprache spricht, ist ein reiner Glücksfall. Meist dauert es eine Ewigkeit, bis man eine gemeinsame Sprache erlernt hat, ein verdammt mühsamer Prozess, der all das Spontane, Lustvolle, mit dem eine Beziehung begann, gnadenlos zerstören und abtöten kann.

Aber dieses kribbelnde, aufregende Gefühl der Sehnsucht verbindet, lässt Hilke jedes Stoppschild missachten.

Willst du ihn haben, diesen Vidar, der bei dir sitzt? Ja, ja, nichts lieber als das. Die Lustpartikel in ihrem Körper gehen auf Kollisionskurs, prallen aufeinander, rasen kreuz und quer, erzeugen Druck, gierige Lust, Geilheit. Sie will ihn haben, haben!

Aber er scheint sich doch selbst retten zu können, ihr Askeladd. Er rückt ein Stück von ihr ab und sagt, er könne sich des Eindrucks nicht erwehren, dass sie sich vorgenommen habe, ihn zu verführen. Hilke nickt eifrig. «Das geht nicht», meint er. Sie nickt noch eifriger. Das Rückzugsgefecht ist eingeleitet. «Nein», beharrt er. «Was sollen die Leute denken? Ich sehe schon die Schlagzeilen in den Zeitungen vor mir: Beamter im Dienst missbraucht weiblichen Häftling, nein, Opfer, Quatsch, übliche Frau, also, Frau mit erheblichen Nervenproblemen, zwingt sie zum Geschlechtsverkehr mit einer Vertrauensperson, der man nicht vertrauen konnte, diesem Schwein! Crucify him! Er würde den Job verlieren, den guten Ruf und sein regelmäßiges Einkommen, wobei Letzteres das Schlimmste wäre.»

Er war wirklich amüsant. Hilke grinste, obwohl ihr bewusst war, dass er es ernst meinte. Er kannte sie nicht, woher sollte er wissen, ob er ihr vertrauen konnte? Gesundes Misstrauen.

«Dich wird Vidar als Erste retten», sagte er mit einer dramatischen Handbewegung. «Mit oder ohne Schwert, gerettet wirst du auf jeden Fall.»

«Das Schwert kannst du stecken lassen», erwiderte sie leicht säuerlich.

Die Gefahr ist vorbei, die Ehre gerettet, beider Ehre. Zum Teufel mit der Ehre, ein bisschen mehr Lust hätte ihm in diesem Moment besser gestanden als diese blutleere Moralapostelei.

Hilke bemerkte, dass ihr Morgenmantel verrutscht war und die hässlichen Mullverbände an ihren Oberschenkeln freigelegt hatte. Als Vidars Blick darauf fiel, fragte er, was das sei. Ja, dass es sich um Verbände handelte, konnte er selbst sehen. Aber wie hatte sie sich so verletzt?

Wollte er nur das Thema wechseln oder hatte man ihn tatsächlich nicht so detailliert informiert? Keine Details, sie musste ihm wohl glauben. Sie erzählte von ihrem Schwimmmarathon an Land. Die Beine rauf und runter, rauf, runter, sie waren der Motor, der sie vorwärts brachte. Erzählte von wund gescheuerter Haut, verschmiert mit Blut, Urin, Schweiß und Salzwasser. Und von der Vergewaltigung. Sie sah ihm dabei forschend in die Augen, um irgendeine Veränderung in seinem Gesicht feststellen zu können.

«Diese Schweine», sagte er nur. Sah sie an, deutete ihren lauernden Blick richtig und bat sie, sich bloß nicht aufzuregen. Er gehöre nicht zu der Sorte Männer, die glaubten, dass Frauen Spaß dran hätten, vergewaltigt zu werden. Vielleicht habe sie Probleme damit, dass Reste dieses Mythos noch in ihrem eigenen Kopf herumspukten. Er sei da tatsächlich schon etwas fortschrittlicher.

Nichts für ungut, sie glaubte ihm.

Ja, und dann hatte sie in einem Anfall von Freiheitsdrang den Schorf abgerissen, im festen Glauben, Parasiten wollten sie zerstören. In dem Moment hatte nicht viel gefehlt, und sie wäre wahnsinnig geworden.

«Ja, ja, wer kennt das nicht», sagte er lakonisch.

Vielen Dank, sehr verständnisvoll.

Es war spät in der Nacht. Sie mussten schlafen. Er jedenfalls, schließlich sollte er am nächsten Tag die Welt retten. Welche Aufgabe würde ihr in diesem Szenario zukommen? Ins Gjallarhorn blasen? Oder die Gefallenen zählen? Waren die Frauen der Sagenwelt nicht stark und unabhängig? Warum sollten sie also nach der Schlacht herumlaufen und blutende Krieger versorgen? Wenn sie sich gegenseitig abstachen, konnten sie auch gegenseitig ihre Wunden lecken. Ansonsten sollten sie einfach liegen bleiben und verbluten. Wahrscheinlich könnten sie sich nicht mehr so ohne weiteres zu neuen Taten aufrappeln, wären da nicht die hingebungsvollen, tapferen Florence Nightingales mit ihren Medizinköfferchen. Schwachsinnige, kriegsverlängernde Wichtigtuerei!

Hilke näherte sich ihm. Gab es denn morgen nichts Sinnvolleres zu tun, als die Welt mit roher Gewalt zu retten?

Doch, bestätigte er. Aber erst danach. Danach? Ja, wenn all die alten, vergammelten, unbrauchbaren Schweinereien im Meer versunken sind, dann wird ein neuer Tag anbrechen. Dann wird sie sich entfalten können. Er meinte, es sei höchste Zeit dafür. Meinte er also. Schleimer.

Er begleitete sie nach Hause. Das hieß, bis zu ihrer Schlafzimmertür. Kavalier. Da gingen die Gefühle wieder mit ihr durch. Sie standen sich gegenüber, aneinander, ineinander. Eng umschlungen, alles stimmte. Body and soul. Neugierig auf des anderen Sprache. Hungrig.

Geborgen im Bett, steckte sie verstohlen eine Hand unter die Decke und gab sich heißen, wilden Fantasien hin, bevor sie halb satt einschlief.

30

Am nächsten Morgen sprintete sie zum Klo. Trank Kaffee und ging aufs Klo. Bei dem Gedanken an Essen wurde ihr schlecht. Sie wagte kaum, auf die Uhr zu sehen, die lief so entsetzlich schnell voran.

Das Polizeiaufgebot zeigte sich wortkarg, aber geschult darin, den Magen in Schach zu halten. Bleischwere Stimmung. Abgestandene Luft, abgestanden und metallisch. Der Straßenlärm erstarb. Stattdessen hörte sie ihren Körper. Das Blut, wie es durch die Adern pochte, nach oben gepumpt wurde, in Richtung Herz. Rascheln von Müllbehältern durch die Zellwände, Transport neuer Waren auf dem entgegengesetzten Weg, wechselnde Radiofrequenzen im rechten Ohr, Meeresrauschen im anderen. Bei genauerem Hinhören würde sie wohl auch die Wunden wachsen hören. Was war mit dem Bauchnabel? Sang nicht auch der? Bitte schön, dreh du jetzt noch völlig durch, denkt Hilke genervt und versinkt in sich selbst.

Plötzlich versetzt Vidar ihr einen sanften Tritt. «Wenn du diesen Unterwasserhorrortrip überstanden hast, kannst du dich jetzt auch zusammenreißen. Du schaffst das schon.»

Er war wütend. Nett, mein Freund, das war genau, was sie im Moment brauchte. Ein ordentlicher Anschnauzer. Der Zwilling ließ sich das nicht bieten, ohne die Zähne zu fletschen. Sie spürte deutlich, wie er sich zum Angriff bereitete. Um nichts in der Welt würde sie sich zu Kanonenfutter machen lassen. Sie zischte Vidar zu, er solle sich um sich selbst kümmern. Und um seinen Job. Sie bekam einen Klaps auf die Wange. Knurrte demonstrativ zurück.

Sie warteten. Warteten in von Stahl und spitzen Eckzähnen geladener Luft. Nicht abdriften jetzt. Steady so, da vorne lockt die Zivilisation. Dorthin willst du, da bist du sicher. Sicher. Merkwürdige Worte. Nur noch eine Weile.

Dann kam Finn. Er betrat die Wohnung mit jemand, der ihr ähnlich sah. Zum Verwechseln ähnlich. Von weitem. Sie veranstaltete ein Riesenspektakel draußen im Flur, flehte Finn an, ihr zu helfen. Du liebe Zeit, sie sprach sogar Hilkes Dialekt. Finn führte sie in Richtung Wohnzimmer, während sie sich weiter lautstark unterhielten. Perfekte Schauspieler, sie schienen wirklich aufzugehen in ihren Rollen. Die Frau streifte einen Brustbeutel ab und reichte ihn Hilke. Die Steine. Sie hielt ihn fest umklammert. Geräuschlos verschwand die Frau in das Nebenzimmer, wo Senior Stellung bezogen hatte. Wo versteckte sie sich? Unter dem Bett? Die Glückliche. Finn bedeutete ihr zu reden. Reden? Ja, selbstverständlich. Punkt zwei auf der Tagesordnung – eine Unterhaltung führen. Mühsam rang sie sich einen Satz ab. Zu verkrampft. Neuer Versuch. Diesmal war es besser.

Sie bat Finn um Hilfe. Er überfiel sie mit Fragen. Wie bist du hergekommen? Warum hast du dich nicht bei der Polizei gemeldet? Plötzlich kam ihr die Situation echt vor. Sie war gerade zu Finn gekommen, verfolgt und in Not.

Finn warf einen Blick auf die Uhr. «Fünf Minuten», flüsterte er.

Hilke stutzte einen Moment, schließlich bat sie um Hilfe, nicht um die Uhrzeit.

Es klingelt an der Wohnungstür. Ein kurzes, hartes Signal. Die Adern an Finns Schläfen treten hervor, sie warten ab. Es klingelt wieder. Er geht in Richtung Tür, an den Wänden entlang, fragt durch die Tür, wer da sei.

«Polizei», lautet die knappe Antwort. Es ist die Polizei. Er wird gebeten zu öffnen. Ein klarer, bestimmter Befehlston.

Sie steht in einer anderen Wirklichkeit und sieht, wie Finn die Tür aufmacht. Da wälzen sich messerscharfe Zähne über die Schwelle. Er hat den Wolf hereingelassen. Finn wird ein Gegenstand in die Seite gestoßen, die Fresse befiehlt ihm knurrend hineinzugehen.

Eine Tür nach der anderen wird aufgerissen, alle vier Türen, die vom Flur ausgehen. Sie wartet auf den Knall. Der Knall, wenn sie den Senior und die Frau entdecken. Der Knall in Finns Seite. Nichts passiert. Herrgott, wo verstecken sich der Senior und die Frau? Hinter der Tapete?

Finn kommt herein, dicht gefolgt von jemand, den sie noch nie gesehen hat. Jemand, der Finn den Tod zwischen die Rippen gestoßen hat.

Dann taucht er auf. Nummer zwei. Auch er mit dem Tod in den Händen, auf Hilke zielend. Lederstiefel. Übelkeit befällt sie. Wie eine Flutwelle, die ihr den Boden unter den Füßen wegreißt. Sie sucht nach Halt, bekommt eine Glasplatte und Wasser zu fassen, hält sich am Rand des Aquariums fest.

Sein Blick auf ihr. Unterdrückter Hass. Gelber Schaum – sie sieht eine Kloake stinkender Rache von ihm ausströmen. Noch einmal ist er der stärkere. Obwohl noch nichts passiert. Ihre Blicke verkeilen sich ineinander. Stacheldraht. Kein Entrinnen. Doch sein Hass ist ansteckend. Hilke spürt, wie sich ihr Mund verzieht, ihre Miene versteinert. Er wird keine Angst, keine Bitte um Schonung in ihrem Gesicht lesen können. Diese Freude gönnt sie ihm nicht.

Dieses gehässige Grinsen, als er ihre Anspannung bemerkt. Ein kurzes Knurren. Dann Laute, die ankündigen, was er alles mit ihr machen wird. Langsam, gezielt eingesetzt. Diese Kunst beherrscht er perfekt.

Doch die Worte erreichen sie nicht. Sie purzeln vor ihre Füße und bleiben wie ein unförmiger Haufen dort liegen.

Er macht einen Schritt nach vorne, bleibt breitbeinig vor ihr stehen. Will die Steine haben, aber sofort.

Hilke gehört nicht mehr zum Team. Alle Absprachen sind plötzlich vergessen, alle Stichwörter, alle Verhaltensmaßregeln. Sie sind alleine. Noch einmal. Das sollte der Höhepunkt sein. Ist es aber nicht. Es ist nur ein Zwischenstadium.

«Her mit den Steinen», wiederholt er. Kommt noch einen Schritt näher.

Ja, sicher bekommt er die Steine. Ohne den Blick von ihm zu abzuwenden, hebt sie seelenruhig die Hand mit dem Beutel, öffnet ihn und schüttet den Inhalt in das Aquariumbecken. Es klingt wie ein Steinrutsch im Fjord. Eine kleine Welle schwappt über ihre Hand.

Jetzt sind die Steine wieder in dem Element, wo sie sie gefunden hatten. Der Kreis hat sich geschlossen. Bitte schön, es darf getaucht werden.

Ein Fluch, ein verzerrtes Gesicht, ein Zeigefinger, der sich krümmt, ein gedämpfter Schuss, Glasklirren. Eine Flutwelle überschwemmt sie, lauwarmer Mahlstrom. Mehr Schüsse, mehr Menschen. Mit einem Satz taucht Hilke weg aus diesem hektischen Geschehen, lässt sich in die Tiefe gleiten, wo die Geräusche gedämpft, die Bewegungen ruhig sind. Das Wasser schmiegt sich an sie, wärmt sie. Klar, kristallklar. Umgeben von roten, fransigen, faul umhertreibenden Fischen. Ständig wechseln sie die Gestalt, sie leben, pulsieren. Wunderbar. Ihr wunderbarstes Taucherlebnis. Sie versinkt, weich, im Getümmel dieser roten, pochenden Geschöpfe. Sie sehen aus wie Herzen, lebende Herzen im Meer. Sie wollen ihr nur Gutes. Endlich ist sie sicher. Sie ist nicht mehr unterwegs, sie ist angekommen.

Vidar schwimmt ihr entgegen. Er will sie mitnehmen. Sie gleitet auf ihn zu. Dies ist die neue Welt, die er ihr versprochen hat. Im Meer. Dass sie darauf nicht früher gekommen ist. Vollendet. Er gibt ihr ein Zeichen, mit ihm an die Oberfläche zu tauchen. Was meint er? Sie versteht nicht. Dort oben ist nichts. Hier unten ist alles.

Er versucht, sie zu locken. Nein, sie will nicht. Sie will nicht hinauf in die Leere, in den Schmerz. Diesen Weg muss er allein zurücklegen. Die beiden kämpfen, lange. Schließlich gibt er auf. Besorgt verfolgt sie, wie er einem unsichtbaren Wasserspiegel entgegenstrebt. Wieder allein, allein und umgeben von Leben, das sie einlullt, eine Melodie summend, die so alt ist wie das Meer selbst. Von dem Laut gesättigt, schläft sie ein.

Schläft ein und sieht nicht das zusammengesackte Bündel in der Ecke. Hört nicht die Schüsse und Rufe, den Kampf und das Zimmer, das sich in ein Schlachtfeld verwandelt. Sieht nicht die Fische, die mit leeren Augen nach Luft schnappen, zappeln und sterben. Sieht nicht, wie der Aufzug von der zehnten Etage ins Erdgeschoss fährt, hört nicht die heulenden Sirenen und die wilde Hektik von Menschen im weißen Kittel auf langen Korridoren. Sieht nicht das grelle Licht und die grünen Laken, die schnellen Blicke und die raschen, gezielten Handgriffe. Liegt tief unten im Meer ihres Lebens, nichts wahrnehmend, nichts vermissend. Nicht einmal Vidar.

Eine Stimme erklingt, flüsternd, murmelnd, sprechend. Sie will nicht zuhören, das hat nichts mit ihr zu tun.

Doch die Stimme gibt nicht auf. Sie ist da, die ganze Zeit. Sie tut weh, scharrt, ein Fremdkörper unter der Haut, den man nicht los wird. Sie bittet die Tiefe um Hilfe – lass niemand herein. Sie wird erhört – die Stimme erstirbt langsam. Dann bleibt sie weg. Lange.

31

Sie soll nach oben und zurück ins Leben. Die Menschen haben herausgefunden, dass sie hier unten nicht atmen und leben kann. Die Gewissheit kriecht langsam in ihre Nasenlöcher – es riecht nach Krankenhaus. Ein aufdringlicher Geruch, der sich nicht übertünchen lässt. Hier wird unter Hochdruck am lebenswichtigen Hexengebräu gearbeitet. Der Geruch entströmt Decken und Wänden, schleicht sich unter der Türschwelle durch, sickert aus dem Wasserhahn. Alles riecht nach dem Kampf um Leben und Tod.

Herrgott, was für ein Missverständnis. Ihr ist nach Heulen zumute. Plötzlich hört sie jemanden sprechen, ein schwacher Windhauch streift ihr Gesicht. Sie öffnet den Mund und will ihnen sagen, welch einen Fehler sie machen, dass ihr ganzes Leben eine einzige Lüge ist, dass sie nicht verstanden haben, worum es eigentlich geht.

Es vibriert um sie herum.

Sie sind stark und sie sind viele. Sie zwingen sie durch eiskaltes Niemandsland und hinauf zu ihnen, überzeugt, ihr einen Gefallen zu tun.

Hilke sträubt sich. Wird wild, als sie begreift, dass sie gewonnen haben. Sie hasst sie. Sie gönnen niemandem, dass es ihm besser geht als ihnen selbst. Kleinlich, neidisch. Retten sie aus vollkommenem Glück in ein schmerzerfülltes Jammertal.

Sie hört sie sagen, dass es jeden Moment so weit sei. Sie sollen leiden, sterben. Sie wird sie mit ihren Blicken töten, sie aufspießen, jeden Menschenteufel einzeln kreuzigen. Sie hat die Macht. Sie öffnet die Augen, alles ist rot. Roter Sumpfnebel, in dem Wesen umherschweben. Sie sucht nach Augen, findet keine. Niemand zum Aufspießen, zum Kreuzigen. Keine Augen.

Ab und zu lichtet sich der Nebel. Der ganze Raum ist angefüllt mit Rettern und Rettungsapparaten.

Dann senkt sich der Nebel wieder.

Vidars Stimme ist über ihr, sie redet ununterbrochen. Sie bittet sie, Ruhe zu halten. Sofort ist auch der Rest von ihm zur Stelle und nestelt an der Bettdecke. Eine Hand streichelt ihre Wange. Die Stimme ist weich und die Worte sind schön. Sie ist total gerührt. Obwohl er sie da unten ein bisschen im Stich gelassen hat, vertraut sie ihm. Vielleicht hatte er keine andere Wahl. Auch sie hat einmal keine andere Wahl gehabt. Sie verurteilt niemanden, am allerwenigsten Vidar. Sie lebt, er lebt. Und das hier muss noch nicht das Ende bedeuten.

Der Raum ist noch immer von rotem Dunst erfüllt. Sie hört, dass er nach Luft schnappt – ein Fisch an Land. Falls es ihre Augen sind, die so erschreckend aussehen, schließt sie sie lieber wieder. «In deinen Augen sind Adern geplatzt», sagt er. Heuchelt. Ein gestandener Polizist japst nicht wegen ein paar geplatzter Äderchen nach Luft. Übrigens tun ihr die Augen weh – sie zu schließen, ist wohl das Beste.

Sie streicht mit der Hand über ihr Haar. Es fühlt sich so merkwürdig schwer an. Bandagen. Sie will auch die andere Hand bewegen. Sie sitzt fest. Eingeklemmt.

«Intravenös», sagt er. «Mastkur mit Zuckerlösung. Du bist gefallen», erklärt er. «Hast dir den Kopf aufgeschlagen. Eine ziemlich blutige Angelegenheit und dann der reinste Blackout. Gehirnerschütterung, eine schwere Gehirnerschütterung. Aber kein Bruch.» Bruch? Was meint er damit? Bruch im Kopf? Er ist derjenige, der einen Bruch im Kopf hat. Nein – er ist noch mal davongekommen. Hatte dem Tatverdächtigen die Waffe aus der Hand geschossen, von seinem Versteck aus.

Der Tatverdächtige! Er sagte Tatverdächtiger! Sie

190

verspürte plötzlich einen hysterischen Lachzwang. So hieß also die Inkarnation der Hölle auf Polizeisprache. Sie sank tief in ihr Kissen zurück, völlig erledigt.

Die ganze Zeit hatte sie den Gedanken an Finn im Hinterkopf, doch sie traute sich nicht, nach ihm zu fragen. Wie sollte sie jemals wieder Frieden finden, wenn er zur Zielscheibe geworden war? Hilke fröstelte, hatte das Gefühl, als ob sich ihr die Kehle zuschnürte.

«Finn lebt.» Vidar hatte ihre Gedanken erraten. «Die Nieren verletzt und ziemlich übel dran, aber er wird schon wieder werden.»

So fühlte es sich also an, ein Weihnachtsgeschenk außerhalb der Weihnachtszeit zu bekommen. Hilke schniefte und weinte vor Freude. Es tat schrecklich weh, aber sie konnte das Schluchzen nicht unterdrücken. Eine weiß gekleidete Person kam herein und piekste sie. Nur zu – Finn lebt.

Sie schlief ein.

Als sie aufwachte, war niemand mehr im Zimmer. Sie war enttäuscht, hatte irgendwie darauf gehofft, dass Vidar an ihrem Bett sitzen und ihre Hand halten würde. Die Erinnerung an die Herz-Schmerz-Lektüre ihrer Teenagerzeit saß tief. Sie drehte den Kopf in Richtung Fenster und bereute es im gleichen Moment. Sie durfte den Kopf sicher noch lange nicht bewegen.

Dann war er also doch im Zimmer, wie sie aus den Augenwinkeln gesehen hatte. Er saß am Fenster. Mit einem Satz war er bei ihr und drückte ihr einen Kuss auf die Wange. Bat sie, die Augen zu öffnen. Keine Chance. Die würde sie testen, wenn sie alleine war. Wollte sie nicht in der Öffentlichkeit aufmachen, bevor das Zimmer sich nicht weiß präsentierte. Sie ging davon aus, dass es weiß war – jedenfalls nicht rot.

Sie erkundigte sich nach den anderen. Irgendwann musste sie da durch. Fragte. Und bekam eine Antwort. Der Typ mit der Waffe an Finns Seite war tot. Erschossen. Senior hatte ihn erschossen, bevor andere Finger den Abzug drücken konnten. Die einzige Möglichkeit, Finn zu retten. Sie verstand.

Wo sich der Senior und die Frau versteckt hatten? Auf der Lüftungsveranda, dieser eingebauten Nische mit nur einer schmalen Tür nach draußen.

Es war wie in einem alten Hollywood-Schinken – die Bösen erschossen und die Guten gerettet.

Was war mit dem «Tatverdächtigen» – ihrem Henker? Er war verletzt, aber am Leben. Würde wahrscheinlich die Hand nie wieder dazu gebrauchen können, eine Waffe zu halten.

Und Hartvik war verhaftet. War mehrmals verhört worden, hatte sich aber schlau wie ein Fuchs herausgewunden. Trotzdem, sie hatten einige Trümpfe in den Händen gehabt. Eine internationale Bande? Tja, hm ... Vidar wurde vage in seinen Äußerungen. Sie arbeiteten noch an dem Fall. Ach, was er nicht sagte! Dass der Fall nicht mit dieser Knallerei abgeschlossen war, konnte selbst sie sich trotz Matschbirne ausrechnen. Warum saß er dann hier, während die anderen so hart an dem Fall arbeiteten? Bei dem Gedanken an all das, was er ihr nicht sagte, wurde sie ziemlich sauer.

Weit gefehlt, sagte er, niemand arbeitete so hart an dem Fall wie er. Ein Fall, der gut verpackt unter weißen Laken lag und sich weigerte, von den Toten aufzuerstehen. Der krampfhaft im Zustand der Bewusstlosigkeit verharren wollte und ihn gebeten hatte, die Schnauze zu halten, als er sie zur Rückkehr ins Leben überreden wollte. Sobald er mehr wüsste und ihre erschütterte Gehirnmasse wieder aufnahmefähig wäre, würde er sie informieren.

Plötzlich durchzuckte sie ein Gedanke: Er hielt Wache an ihrem Bett! Sie war noch nicht in Sicherheit, es gab Leute, die daran interessiert waren, sie zu ersticken. Deshalb saß er also hier. Auf seinem Posten.

Sie konnte den Verdacht nicht für sich behalten. Das stimme nicht, behauptete Vidar, jedenfalls hätte man ihn nicht als Wachhund hier platziert. Und wie viele Leute Lust hätten, sie tot zu sehen, müsse sie wohl am besten selbst wissen. Falls sie des Öfteren zu nachtschlafender Zeit so großzügig im Verteilen von kleinen Leckerbissen mit anschließender Verführungsnummer sei, dann wäre es durchaus möglich, dass manch einer gern seine Krallen in sie schlagen würde.

Sie öffnete die Augen. Das Zimmer erschien ihr noch immer in rötliche Farbe getaucht. Zwar etwas heller als zuvor, aber rot. Rot war auch der Mensch vor ihr, hochrot. Komische Farbe, irgendwie aggressiv.

«Und falls du in deiner Seele genauso geil bist wie in den Augen», führte er fort, «dann sind es eine ganze Menge. Du siehst aus wie ein Kaninchen!»

Hilke starrte ihn erstaunt an. Hier saß der Retter der Welt und war so eifersüchtig, dass es kaum zu fassen war. Wäre sie nicht ans Bett gefesselt gewesen, hätte sie sich ihn geschnappt und zum Abkühlen aus dem Fenster gehalten. Außerdem eröffnete sie ihm, dass sie keinen Wachhund brauchte. Sie war im Laufe der letzten Zeit so viele Tode gestorben, dass es jetzt auch nicht mehr drauf ankäme.

Und außerdem sähe er selbst aus wie ein Kaninchen. Und das nicht nur wegen der Augen. Der ganze Mann war rot, das Zimmer rot, alles rot. Rot und wund und . . . Bevor sie dazu kam, sich in Selbstmitleid zu ergehen, war er ganz nah bei ihr. Vorsichtige Küsse, merkwürdige Töne. Nähe.

In nicht allzu ferner Zeit würde sie zurück müssen. Zurück zu ihrer Arbeit, in die Wohnung, zu Verwandten – zu den Freunden. Ihre Freunde wiedersehen. Für einen Mord gerade stehen. Nichts würde wie früher sein, und das war schwer. Jedenfalls bis sich die ersten Gefühle gelegt hatten. Aber Flucht löst keine Knoten.

Vielleicht würde Vidar mit dem Tauchen anfangen. Dann würde er mit ihr dorthin hinausfahren.

Sie setzte sich zum Ziel, an dieser Stelle noch einmal zu tauchen. Vorher würde sie keinen Frieden finden.

Vidar nickte, er wollte mitkommen. Sie würden zusammen untergehen, sagte er, sowohl beim Tag- als auch beim Nachttauchen. Das schuldeten sie dem Leben.

Schuldeten sie dem Leben? Sie schüttelte langsam den weiß bandagierten Kopf. Das Leben war schließlich kein alter Buchhalter mit Debit und Kredit und Saldo per 31. Dezember. Es verteilte weder Gutscheine noch Mahnungen, es hatte überhaupt keine Lust, sich einzumischen. Es war sich selbst genug. Also schuldeten sie dem Leben genauso wenig, wie das Leben ihnen schuldig war. Und wenn sie zusammen tauchten, mussten sie sich auf andere gemeinsame Signale einigen als auf schöne Luftblasen. Die waren noch nicht mal fürs Erinnerungsalbum zu gebrauchen.

Jetzt war es heraus. Jetzt galt es nur noch, auf eine mehr oder weniger wohlformulierte Abfuhr zu warten. Es würde wehtun. Aber sie hatte einfach keine Lust mehr, sich wieder mal auf ein neues «Glück» einzulassen, ohne von vornherein ehrlich zu sein und die Fronten zu klären. Und nicht nur das: Er musste mit jeder Faser seines Körpers begreifen, worum es ihr ging. Selbst wenn es ihm nicht passte, er sollte auf jeden Fall wissen, wer und wie sie war. Und es akzeptieren, ohne eine Ewigkeit lang zu versuchen, sie zu verändern. Zusammen mit ihr einen Weg finden, ohne sie in ein passendes DIN-Format zu pressen.

«Ich glaube, dir fällt es verdammt schwer zu akzeptieren, wenn jemand anders denkt als du.»

Hilke warf ihm einen kurzen, prüfenden Blick zu.

«Und du hast Angst, auf etwas anderes als dein eigenes Spiegelbild zu vertrauen», fügte er hinzu.

Er beobachtete sie aus zusammengekniffenen Augen, mit schmalem, dünnlippigem Mund.

«Du gibst auf, bevor du angefangen hast! Und um einen Anfang zu finden, müssen wir beide was tun. Stell dir vor, auch ich habe keine Lust, Opfer weiblicher Gehirnwäsche zu werden, auch ich möchte so akzeptiert werden, wie ich bin. Also wer von uns beiden ist mutiger?» Er platzierte einen Zeigefinger auf ihr Kinn. Er fühlte sich an wie elektrisch geladen. Plötzlich zog er ihn zurück und steckte die Hand in die Hosentasche.

So ähnlich musste man sich bei einem Marathonlauf fühlen – man lief und lief und es kam nie etwas anderes dabei heraus als ein erhöhter Puls und ein Gefühl der Mattheit. Sie sah ihn an. Lief auch er Marathon? Er sah verschwitzt und kaputt aus.

Was stellten sie eigentlich miteinander an? Saß jeder für sich auf seinem Müllcontainer und leckte wunde Pfoten und den zerzausten Pelz? Laut aufjaulend und sich selbst erschreckend?

Sie wollte ihn umarmen, sich eng an ihn schmiegen und einfach nur bei ihm sein, schweigend, alle Worte begraben. Wollte all die Dinge tun, die auf direktem Weg in die Hölle führten, alles, was davon erzählte, dass er Recht hatte und stark war. Sie suchte seinen Blick, erwartete, Trotz darin zu entdecken. Fand das, was sie suchte. Spiegelbild, hatte er gesagt. Nein, er war bestimmt kein Spiegelbild. Er war ein Mensch, der seinen eigenen Kampf gekämpft hatte, um das Ziel zu erreichen, wo er heute stand. Ein Mensch, der jemanden haben wollte. Mit dem er seine Zeit verbringen konnte – aber nicht um jeden Preis. Sie waren sich ähnlich. Eine bessere Basis konnten sie sich nicht wünschen.

Er stand mitten im Zimmer, regungslos. Plötzlich ging ihr auf, dass es ihr Mut war, den er gerade auf die Probe stellte. Jetzt war sie am Zug. Wenn sie von ihm erwartete, den Ritter zu spielen, würde er sich umdrehen und gehen. Sie konnte ihn gut verstehen, aber es war so verdammt schwer. Sie schwitzte in den Handflächen, gab sich einen Ruck und murmelte vor sich hin, dass es einen Versuch wert sei. Halbherzig und ungewohnt leise.

Er tat so, als habe er nicht verstanden. Sie wurde wütend. Was für ein Schauspieler er war. Nun gut, also servierte sie ihm den Text laut und deutlich artikuliert.

«Welch eine Herzenswärme in diesen Worten», lautete sein Kommentar. «Mir war, als hörte ich die Börsenmitteilungen im Radio.»

Nichtsdestotrotz hatten sie den Marathonlauf unterbrochen, hatten sich eine Verschnaufpause gegönnt. Und die Hände, die die ihren umfassten, waren warm und wohltuend.

«Ich werd uns einen Liebesroman kaufen, dann können wir beide üben, wie so etwas gesagt wird.»

Verlegen sahen sie einander an. Die blaue Blume der Romantik war bestimmt nicht prunkvoll und blau. Sie schwebte nicht vom Himmel auf sie herab, um sich dekorativ bei ihnen niederzulassen. Sie war weder Blume noch Knospe – nur zwei raschelnde grüne Blätter. Doch sie enthielten ein Meer von Hoffnung. Hoffnung und Möglichkeiten. Jetzt lag es ganz an ihnen.

Es war ein weiter Weg. Vielleicht würden sie nie ankommen, vielleicht war das auch nicht der Sinn der Sache. Sie wusste es nicht. Wollte es auch nicht wissen. Das Einzige, was sie wusste, war, dass es Menschenaugen waren, in die sie blickte. Sie versprachen nicht mehr, als sie geben konnten, sie versprachen, gemeinsame Sache mit ihr zu machen, ihre Seele nicht in den uralten Geschlechterkampf zu verwickeln. Und sie ließen auf eine gemeinsame Sprache hoffen.

Plötzlich freute sie sich auf den anstehenden Alltag.

Von Erlkönig und Lebertran zu Börse und Kathedrale:
Kim Småge in Frankfurt

Niemand von uns kannte Kim Småge, als der große norwegische Verlag Aschehoug die Autorin mit auf die Frankfurter Buchmesse 1991 brachte.

Sie ist knapp einsneunzig in Stiefeln. Sie raucht Kette. Sie trinkt ein Bier nach dem anderen (abends mal zwei, drei Kognak dazwischen). Sie debattiert und scherzt (immer mit einem leicht bitterbösen Unterton) mit uns, als würden wir uns schon lange kennen. Kim Småge ist Schriftstellerin, sie ist außerdem die erste Frau der Welt, die offiziell Ausbilderin für Sporttauchen und Unterwasserjagd wurde. Sie sagt mir, warum ihre Krimis so hart sind: Die alltägliche männliche Gewalt in der Gesellschaft ist noch viel härter. Innerhalb dieser Gewalt gibt es für sie kein Happyend, nur Ohnmacht oder Zorn. Für den Zorn schreibt sie.

Bei einer Messeveranstaltung sollen sie und drei andere AutorInnen aus ihren Werken lesen. Sie verzieht ironisch das Gesicht, aber sie ist höllisch nervös. Die Veranstaltung: eine enthusiastische Rede über literarische Verdienste, dann die AutorInnenlesungen auf Norwegisch oder Deutsch, bleischwer vor tiefer Bedeutung und hochdramatisch. Kim Småge ist als letzte dran. Jeder schlanke, braune Zigarillo wird am vorigen angezündet. Dann ist es so weit, sie räuspert sich, lächelt angespannt und erklärt, dass sie *nicht* aus ihren Werken lesen will. Stattdessen hat sie einen Text für diesen Anlass geschrieben, auf Deutsch. Für alle, die ihn noch nicht kennen, aber von *Nachttauchen* beeindruckt sind, hier noch einmal Kim Småges Rede – von ihr vorgetragen in einem ironischen, singenden Tonfall mit einem ganz leichten Akzent, der H und R wie ein hartes ch spricht:

Es war einmal – vor langer, langer Zeit –, da besuchte ich das Gymnasium. Und auf dem Gymnasium lernten wir deutsch; vier Stunden wöchentlich waren dem Deutschunterricht gewidmet. In zwei von diesen vier

198

Stunden lernten wir deutsche Handelskorrespondenz. Wir fingen mit *Sehr geehrte Herren* an und setzten damit fort, Erdöl oder Lebertran zu verkaufen – in unseren Briefen verkauften wir sehr viel Lebertran nach Deutschland aus Norwegen –, und dann beendeten wir die Briefe mit *Hochachtungsvoll.* In den beiden anderen Stunden lasen wir den *Erlkönig;* wir hörten uns den Erlkönig auf dem Plattenspieler an, den der Lehrer mitbrachte. Wir hörten uns das Gedicht immer wieder an, bis wir es auswendig konnten. Wir schluchzten und weinten bei der letzten Zeile: «In seinen Armen das Kind war tot.» *Zwei* Stunden Geschäftsbriefe An- und Verkauf – und zwei Stunden großer literarischer Erlebnisse. So war mein Deutschunterricht.

Die Frankfurter Buchmesse erinnert mich an meine Deutschstunden – Geschäftsbriefe und *Der Erlkönig.* Börse und Kathedrale, ein geläufiger Ausdruck bei uns, von einem der großen norwegischen Verleger geprägt. Meterweise literarische Erlebnisse und hunderte von Vertretern und An- und Verkauf. Sehr schön: Literatur zwischen zwei Bänden ist auch eine Ware; sie verkauft sich nicht von selbst; eigentlich habe ich wenig Einwände gegen Börse und Kathedrale, denn als Schriftstellerin möchte ich ein größtmögliches Publikum erreichen.

Frankfurt – für mich ist diese Metropole nicht nur mit literarischen Erlebnissen verbunden, eher ganz im Gegenteil. Als ich das letzte Mal in Frankfurt war, stand der Aufenthalt nicht gerade unter einem literarischen Zeichen. Der Aufenthalt war kurz, sehr kurz – wollte man aus diesem Aufenthalt literarische Münze schlagen, wäre es ein kurzer, bündiger Einakter. Der

Tatort war die Transithalle im Flughafen. Wir, eine Frau und fünf Männer, kamen von einer Weltmeisterschaft in Unterwasserjagd in Istanbul, in der Türkei. Ich war die Betreuerin und die Jungs waren die Unterwasserjäger ... Wir machten eine Zwischenlandung in Frankfurt. Am Abend davor hatten meine männlichen Taucherfreunde die Basare in Istanbul besucht und dabei alles aufgekauft, was sie an alten Waffen, Revolvern, Gewehren und Donnerbüchsen, Schwertern und Messern und was weiß ich sonst noch ergattern konnten. Sie behaupteten, es seien wertvolle Antiquitäten, und zeigten mir ein Waffenarsenal einer anderen Welt, mit eingelegtem Perlmutt im Schaft. Ihnen selbst leuchteten Sterne in den Augen.

Ganz so war es jedoch nicht bei dem Sicherheitsbeamten im Flughafen; ihm leuchteten keine Sterne in den Augen, als er da stand und den Waffenhaufen betrachtete, der sich ihm auf dem Fließband offenbarte. Verdutzt überlegte er sich, ob wir Norwegens Antwort auf die Baader-Meinhof-Bande seien, und bestand darauf, die Waffen als gesonderte Luftfracht zu befördern. Das hieß eine bedeutend größere Geldausgabe, als die Jungs hinlegen wollten. Übrigens hatten sie sich an *Duty-free*-Getränken voll laufen lassen und besoffene Norweger werden sehr häufig streitsüchtig.

Die Situation schien fest gefahren. Der Waffenhaufen auf dem Fließband war formidabel, die Jungs waren mürrisch, der Sicherheitsbeamte beharrte auf seinem Standpunkt. Selbst ich hatte die Nase voll. Es nervte mich, ständig Kindermädchen spielen zu müssen und norwegische Rambojungs aus dem Dreck zu ziehen. Ganz plötzlich, während alle dastanden und einander argwöhnisch anstarrten, tauchte ein kleiner Knabe auf; er mochte wohl so seine fünf, sechs Jahre alt sein. In der Hand hielt er eine dieser durchsichtigen Plastikpistolen, jene, die mit Zuckerkugeln verschiedener Farbe gefüllt sind, Bonbons. Großäugig gaffte er den Waffenhaufen auf dem Fließband an, dann betrachtete er seine eigene Bonbonpistole. Dann fasste er seinen Entschluss, reichte einem der Jungs seine Pistole und sagte: «Bitte schön, diese kannst du auch haben!» Und somit entglitt er wieder in die Menge. Die Jungs lachten und der Beamte auch und innerhalb von zwei Sekunden wurde man sich einig, Harpunen und Revolver, Messer, Dolche und Bonbonpistole als gesonderte Luftfracht nach Norwegen zu schicken. Meine Unterwasserjäger boten sich nahezu einen Kampf, um die Extragebühr zu bezahlen.

In meinen Romanen schreibe ich nicht viel über Waffen und Schießereien. Dafür schildere ich das Meer – sowohl über- als auch unterhalb der Oberfläche. Norwegen hört nicht da auf, wo kahler Felsen dem Meer begegnet, sondern setzt sich in die Tiefe fort, als eine Verlängerung des Landes. Dort finde ich eine faszinierende Welt, eine Dimension, die ich sowohl konkret als auch symbolisch in zweien meiner Romane verarbeitet habe. Ich bin gelernte Taucherin und Tauchinstrukteurin, und meine erste Hauptperson, eine Frau namens Hilke, habe ich in eine mir bekannte Umgebung eingebettet, nämlich in das maritime Milieu an der Westküste Norwegens. Ein späterer Roman, *Lex Love,* spielt sich auch im maritimen Bereich ab, aber an der Oberfläche. Bei uns nennen wir es «Erdöl-Norwegen» – das Milieu um die Versorgungsschiffe, Bohrinseln, Taucherfahrzeuge in Schottland, Stavanger und der Nordsee. Die Männer, die dort arbeiten. Ihre Frauen – in Norwegen und in Schottland. Und es geht um den Krieg, den Zweiten Weltkrieg, um norwegische Soldaten, die in Großbritannien stationiert waren und mit Genehmigung der norwegischen Regierung Bigamisten wurden: eine Frau in Norwegen, eine andere in Großbritannien. Das Bigamiegesetz, das Leben zerödete, das Leben der Ehefrauen und nicht zuletzt das der Töchter und Söhne.

Die Inspiration für meine Romane und Kurzgeschichten erwächst zumeist aus einem konkreten Geschehen oder einer handgreiflichen Sache, etwas, was ich lese, höre oder erlebe. Ein Thriller ist unter dem Titel *Die weißen Handschuhe* erschienen. Im Norwegischen heißt er *Kainan.* Ihm liegen die zweijährigen Recherchen über die Freimaurerei zugrunde: ihre Rituale, Symbole und die unsichtbare Machtstruktur, die diese Organisation in der Gesellschaft hat. Mir ist nicht so sehr bekannt, wie andere AutorInnen ihre Ideen, ihre Texte verarbeiten – wir mögen wohl genauso verschieden wie unsere Romane sein.

Meine belletristischen Texte jedoch basieren auf eingehenden Recherchen. Deshalb reise ich viel, suche Umgebungen auf, die meine Neugier erregen, und ich durchwühle die Archive der Büchereien auf der Suche nach geeignetem Stoff. Es ist nicht mein Stil, jahrein, jahraus in heiliger Einsamkeit hinter einem Schreibtisch zu hocken, um kreativ zu sein. Um es in der Computersprache zu sagen: Kein Output ohne Input. Die goldenen Royalties, die im Laufe der Jahre von meinem norwegischen Verlag Aschehoug über mich rieseln, werden weder in Wertpapieren noch in Eigentum noch in Rentenversicherung investiert – sie verdunsten in Ausgaben zwecks Einnahmeerwerbung, nämlich Reisen. An dem Tag, an dem mein Verlag in Deutschland mir erzählen kann, dass meine Titel sich zu Tausenden verkaufen – werde ich einen Computer anschaffen, einen tragbaren. Bis dahin komme ich mit Bleistift und Papier aus.

Ich danke Ihnen für Ihre Aufmerksamkeit, und ein Prost auf Börse und Kathedrale!

Kim Småge

Feinbehaart, federleicht und absolut tödlich

Sophie Schallingher
Die Spinne und das Mädchen

Die fünfjährige Amélie entdeckt im Garten eine
tödliche Spinne, so giftig wie eine Schwarze Mamba.
Nach und nach gelingt es Amélie, ihre neue
Spielgefährtin zu zähmen. Das kleine Mädchen
ist sich der tödlichen Gefahr nicht bewusst –
bis die Spinne ihr erstes Opfer findet.

www.scherzverlag.de

Schlafende Hunde soll man nicht wecken

Anke Gebert
Das Treiben

Nora ist felsenfest davon überzeugt, dass ihr Vater nicht der Mörder ihrer Mutter ist. Um den wahren Täter zu finden, kehrt sie in ihr Heimatdorf zurück – den Ort, an dem alles geschah.
Es beginnt eine Treibjagd – und der Mörder wartet schon auf sie.

scherz
www.scherzverlag.de

Fesselnde Kriminalliteratur aus der Provence

Pierre Magnan
Das Zimmer hinter dem Spiegel

Drei Morde scheuchen das schläfrige Provencestädtchen Digne auf. Kommissar Laviolette, dessen Phantasie vor nichts zurückschreckt, hat einen ungeheuerlichen Verdacht. Doch was wirklich hinter den Morden steckt, versteht er erst, als sein Kollege sich verliebt und sich ein Fahrrad zulegt…

scherz
www.scherzverlag.de

So geschickt erzählt, dass die Lösung nicht vorauszuahnen ist.

Agatha Christie
Blausäure

Es hätte eine gelungene Geburtstagsfeier werden können, dennoch ist die Stimmung unter den Gästen alles andere als festlich. Als ob sie ahnen, dass einer von ihnen den Raum nicht lebend verlassen wird…

scherz
www.scherzverlag.de